그의 혀가 나의 선단을
찰싹찰싹 채찍질한다.
"아아! 자······
거긴 제발······ 흐흐흑!"

Illustration : Suoh Yuumi

용은 구슬을 삼킨다

용은 구슬을 삼킨다

초판 1쇄 찍은 날 | 2015년 3월 1일
초판 1쇄 펴낸 날 | 2015년 3월 10일

지은이 | 시노다테 레이
그린이 | 스오 유미
옮긴이 | 민병문
펴낸이 | 예경원

편집책임 | 박우진
편집 | 오아현

펴낸곳 | 예원북스
등록번호 | 제396-2012-000132호
등록일자 | 2012. 7. 25
YRN | 제6-0026호

주소 | 경기도 고양시 일산동구 무궁화로 8-28 삼성메르헨하우스 712호 (우) 410-837
전화 | 031-819-9431 팩스 | 031-817-9432
http://blog.naver.com/ainandfin
E-mail | ainandfin@naver.com

ISBN 979-11-5630-590-3 03830

※ 파본은 구입하신 서점에서 교환하여 드립니다.
※ 저자와 협의하여 인지를 붙이지 않습니다.
※ 이 책은 예원북스와 Cosmic Publishing / NTT Solmare 와의 계약에 의해 출판된 것이므로 무단 전재 및 유포, 공유를 금합니다.
※ 이 도서의 국립중앙도서관 출판시도서목록(CIP)은 서지정보유통지원시스템 홈페이지(http://seoji.nl.go.kr)와 국가자료공동목록시스템(http://www.nl.go.kr/kolisnet)에서 이용하실 수 있습니다.

용은 구슬을 삼킨다

시노다테 레이 글

스오 유미 그림
민병문 옮김

Elle 엘르 노블 Novel

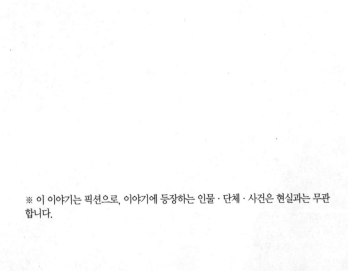

차 례

용은 구슬을 삼킨다

히터가 뿜어내는 은은한 온기 탓일까? 가게 안에는 졸음을 불러오는 나른함이 흐르고 있었다.

교대로 점심 휴식을 마친 오후, 『야지마 쥬얼리』에 손님이라곤 보이지 않았다.

아무리 평일의 긴자 거리라곤 하지만 이곳은 대로에서 좀 구석진 뒤쪽 길이라서 행인들이 북적거리지도 않는 데다가, 가게에서 취급하는 물건도 값싼 모조 액세서리가 아니어서 평소 드나드는 손님들의 발길도 한적하기만 했다.

집안에서 삼 대째 이어져 내려오는 이 가게를 내가 맡게 된 지도 벌써 일 년 반⋯⋯. 이쯤 되면 이제는 고가의 물건만 고집할 것이 아니라 싸구려 모조품이라도 팔아야 되는 게 아닌지 고민하게 되는 것도 어쩌면 당연한 일이리라.

"이대로 간다면 정말 큰일인데……."

쇼윈도에서 몰래 계산기를 두드리던 나는 세 사람의 종업원들이 들을 새라 나지막이 중얼거렸다.

아버지 대부터 일해 온 하야카와(早川)도 넥타이의 매듭을 고쳐 매면서 한숨을 내쉬었다.

"손님이라곤 씨가 말랐군!"

그 말이 떨어지기가 무섭게 가게 앞에 멈춘 것은 검은색 벤츠 승용차였다.

정차한 벤츠의 운전석에서 검은색 선글라스를 낀 정장 차림의 남자, 그리고 뒤이어 무테안경을 낀 또 한 명의 남자가 조수석에서 내렸다.

선글라스를 쓴 남자가 주위를 경계하듯 두리번거리는 가운데 무테안경을 쓴 남자가 정중한 태도로 뒷좌석 문을 열자, 열린 문에서 날카로운 인상의 젊은 남자가 차 밖으로 내려섰다.

'우리 가게에 온 손님일까? 아니면 옆 카페에 볼일이 있어 온 걸까?'

고개를 쳐든 그 젊은 남자는 햇살이 눈부신지 오른손을 들어 눈가에 그늘을 드리운 채, 다른 한 손으로 대각선 방향 위쪽을 가리켰다.

무광톤의 블랙 정장에 짙은 감색 넥타이, 통이 좁은 슬랙스 바지주머니에 왼손을 찔러 넣은 그는, 스물일곱인 나와 비슷한 또래일 것 같았다.

햇빛을 가린 오른손 손목에는 커프스 버튼이 달려 있었다.

그 나이에 커프스 버튼이라니 왠지 좀 별나 보인다.

그런 그가 손가락으로 가리키고 있는 것은 『야지마 쥬얼리』라는 우리 가게의 간판인 듯했다.

무테안경을 쓴 남자가 뭐라고 말했는지 그 젊은 남자는 비스듬히 선 채 고개를 끄덕이더니, 곧 다른 두 남자를 거느리고 곧장 이쪽으로 방향을 바꾸어 걸어오고 있는 것이 아닌가.

당황한 나는 막 하품을 쏟아내고 있던 나이 어린 시바모토(芝本)에게 '손님이에요!' 하고 속삭였다.

반사적으로 허리를 편 긴 머리의 시바모토는, 막 가게 문을 들어서는 세 남자를 본 순간 얼굴이 상기되었다.

나 또한 날카로운 인상의 그 남자와 눈이 마주친 순간, 가슴이 '쿵' 하는 느낌이 든 것은 무슨 영문일까?

마음속 생각이 행여 입술 밖으로 새어 나올 새라, 순간 나는 입가에 손을 얹었다.

"멋진걸……."

그 말을 중얼거린 건 내가 아니라 내 뒤로 비스듬히 서 있던 두 여종업원 중 한 명인 단발머리의 와카바야시(若林)였다.

하지만 놀란 건 나도 마찬가지였다.

'어쨌든 정말 멋지잖아!'

의지가 강해 보이는 또렷한 눈과 눈썹, 플레이보이스런 섹시한 입술, 남자치고는 왜소한 나로서는 더없이 부럽기만 한 훤칠한 키……. 거기에다 왠지 믿음직스럽게 떡 벌어진 어깨…….

"어서 오십시오!"

우리 가게의 베테랑 하야카와가 머리 숙여 손님을 맞았다.

'안 돼! 이렇게 멍하니 있을 때가 아니잖아……'

멍하니 그 손님을 바라보고 있던 나는 하야카와의 목소리에 정신을 차리고 서둘러 매장으로 나왔다.

"어서 오세요. 천천히 둘러보세요!"

검은 정장의 남자는 인사를 건네는 나를 그저 힐끗 보는 듯하더니, 바로 진열대로 시선을 돌렸다.

그를 따라 들어온 선글라스의 남성은 '아, 네!' 하고 대꾸를 하긴 했지만, 진열대에 전시되어 있는 보석 장식품들은 쳐다보지 않았다.

무테안경을 쓴 오른쪽 눈 아래에 작은 점이 있는 남자는 가게 안으로 따라 들어오지 않고, 문 근처에 기댄 채 서 있었다.

약간 사나운 인상의 선글라스의 남자와 지적인 분위기의 무테안경을 쓴 남자…… 그 둘을 거느린 왠지 쉽게 다가가기 힘든 젊은 남자의 분위기에 압도되어 나는 그저 움츠러들어 있었다.

보통 때 같으면 옆에 따라붙어 그들이 흥미를 가질 만한 물건들을 가리키며 이런저런 설명을 늘어놓았을 것이나, 지금의 나는 검은 정장 차림의 그에게 기가 눌린 채였다.

완전히 압도된 채 그에게서 눈을 뗄 수 없을 정도였다.

다가가자니 두렵고, 그러면서도 몰입될 수밖에 없는…….

왜 이렇게 혼란스러운 것일까…….

고객을 힐끔힐끔 쳐다보는 것이 실례라는 것은 나도 알고 있다. 그럼에도 불구하고 나는 뚫어지게 그를 바라보고 있었다.

"손님, 어떤 물건을 찾고 계시나요?"

아직 약간 상기된 얼굴의 와카바야시가 어쩐지 평소 때보다 약간 점잔빼는 듯한 목소리로 검은 정장의 그에게 말을 건넸다.

그러나 그는 와카바야시에게는 눈길조차 주지 않고, 진열된 물건들을 보며 발걸음을 옮겼다.

하지만 그 어떤 물건에도 관심이 없는지 그의 발걸음은

멈추지 않았다.

그대로 가게 문을 나서면 어쩌나 하는 걱정을 하는 건 나만이 아니었다. 우리 가게의 경영 상황을 잘 아는 하야카와의 얼굴에도 낙담의 기색이 보이기 시작했다.

그러던 순간, 갑자기 걸음을 멈춘 그가 나를 향해 말없이 손짓했다.

"네, 네! 어떠세요? 마음에 드시는 물건이 있나요?"

"이 진열대의 사파이어와 수정을 잔뜩 박은 목걸이, 저쪽 벽 진열대 안의 눈물방울 모양 진주가 박혀 있는 저 녀석, 그리고 저쪽 케이스의 심플한……."

그의 말이 떨어지자마자 놀란 얼굴을 한 세 명의 종업원은 그가 가리키는 보석들을 가지러 서둘러 진열대로 갔다.

'벽 진열장에 있는 거라면…….'

그가 가리킨 것은 예전에 지금은 이미 돌아가신 아버지와 둘이서 저건 이제 비매품에 가깝구나, 하며 여러 번 키득거리곤 했던 목걸이다.

그것은 세 줄로 이루어진 진주목걸이로, 맨 윗부분의 중앙에는 커다란 타원형의 진주가 박혀 있고 그 주위를 황색의 작은 다이아몬드들이 둘러싸고 있으며, 아래에는 세 개의 페어 셰이프 모양의 바로크 진주가 박혀 있었다. 아버지가 오래전에 디자인한 것으로 워낙 귀한 소재로 만든 터라 엄청난 고가의 물건이었다. 우리 가게의 단골 고객들도 나름대로 부자이지만, 그래도 저런 물건을 누가 살 거라고는 아버지 자신도 별로 기대하지 않으셨다.

"아니, 그 금으로 된 거 말고, 귀걸이와 세트인 가늘고 길쭉한 플라티나제. 그래, 바로 그거. 그리고 같은 진열대에 가넷과 에메랄드, 눈물방울 모양 진주가 세 개 박힌 녀석이 있었지?"

"아, 이쪽의 몰타 십자가를 모티브로 한 브로치 말인가요?"

"맞아, 그것도 가져와."

흰 장갑을 낀 종업원들이 제각각 그가 가리킨 물건들을 가지고 그에게 모여들었다.

그는 하나하나 손으로 만져 보거나 다시 살펴보는 기색도 없이 시원스럽게 '포장해 줘' 하고 말했다.

혹시 임대하려는 걸까, 아니면 저걸 다 사겠다는 말인가?

와카바야시와 시바모토가 어리둥절한 표정으로 네 점의 물건을 쳐다보았다.

베테랑인 하야카와조차 당장 졸도라도 할 것 같은 표정이었다.

"선물용으로 포장해 줘. 계산은 이 카드로……."

그는 양복 안주머니에서 카드케이스를 꺼냈다.

매끄러운 질감의 갈색 케이스에서 꺼낸 검은색 신용카

드…….

반사적으로 블랙 카드를 받아 든 나는 소문으로만 들어본 그 카드에서 눈을 들어 그저 멍하니 그를 바라볼 뿐이었다.

"대단하네요."

막 꿈에서라도 깬 것처럼 하야카와는 넋을 잃은 듯했다.

결코 만만치 않은 베테랑인 그조차 손님이 떠난 지 이미 십여 분이나 지난 가게 문을 아직도 바라보고 있었다.

"……정말 놀라운 걸요……."

카타쿠라 우쿄(片倉右京). 신용 전표에 기입된 그의 이름과 서명은 치솟아 오르는 듯 힘 있는 필체였다.

그런 필체와 더불어 가게에 있는 동안 보여준 그의 모습으로 미루어 볼 때, 그는 과감하면서도 성격이 급한 사람일 거라고 나름대로 추측해 보았다.

"혹시 꿈을 꾸고 있는 건가 싶었는데, 눈을 떠봐도 역시나 현실인 거 같네요."

"사장님, 전 가져다주기도 전에 물건들이 녹아버리거나 모래로 변해 버리는 그런 악몽이 엄습해 온 것 같은 기분이었다니까요."

"에이, 재수 없게 그런 꿈을……!"

나는 하야카와와 한 번 눈을 마주치고는 '휴우' 하고 긴

안도의 한숨을 내쉬었다.

그런 고객이 우리 가게의 단골이 된다면 얼마나 좋을까……. 베테랑인 그도 틀림없이 나와 같은 생각을 하고 있을 것이다.

"믿어지지 않을 정도로 통이 큰 고객이잖아. 무엇보다도 정말 멋있었어! 언젠가 다시 우리 가게에 오지 않을까? 만약 다시 오면 이번에는 휴대폰 번호라도 알아둘까?"

"글쎄, 그 무시무시한 선글라스 남자가 또 함께 온다면 꿈도 못 꾸겠죠. 와카바야시 선배."

"그렇지만 말이야, 시바모토. 그런 사람을 잡을 수만 있다면 확실히 횡재하는 건데 무슨 짓인들 못하겠냐고."

"무테안경 쓴 남자도 느낌이 참 좋지 않았어요? 나, 정말 반하겠던걸요."

"말할 것도 없이 킹카급이지."

사실 당장 말이라도 걸 수 있다면 또 몰라도, 이제 와서 빠져들어 본들 무슨 방법이 있으랴.

올 봄에 막 대학을 졸업한 시바모토는 그렇다 치더라도 벌써 팔 년째 이 가게에서 근무하고 있는 와카바야시는 평소 차분한 성격임에도 불구하고, 그녀마저 마치 여고생처럼 두근두근 설레고 있다니.

그 남자다운 매력에 흠뻑 매료되어 버렸는지 두 사람의 눈은 반짝거렸고, 마치 날아오르고 싶기라도 한 듯 그들의 몸은 떨리고 있었다.

손님이 있을 때라면 가게 안은 가장 정숙해야 하는 곳일 테지만, 지금은 어차피 우리들뿐이다.

하야카와도 '그렇게 멋진 외모의 세 남자를 보았으니, 두 아가씨가 떠들어대는 것도 어쩔 수 없군요' 하며 웃어넘긴다.

여종업원 두 사람이 재잘대는 건 나도 이해할 수 있다.

남자인 내가 봐도 외모는 물론 몸을 에워싸고 있는 공기조차, 이쪽저쪽을 가리키는 손동작 하나하나조차도 그의 모든 것이 확실히 멋졌기 때문이다.

하지만 내가 그에게 독특한 친근감을 느꼈다는 것을, 여종업원들은 전혀 눈치채지 못했으리라.

'그 다가가기 힘든 느낌이 한층 더 그를 멋있어 보이게 하고 있는지도…….'

뭐랄까, 정말이지 불가사의했다.

선뜻 다가갈 수 없는데도 이렇게 빠져들게 되는 그만의 독특한, 뭐라 형용할 수 없는 분위기.

그 독특한 분위기를 느끼지 못했다니 아깝다.

내가 남자라서 그렇게 느꼈을 뿐일까?

하지만 하야카와도 그의 독특한 분위기에 관해서는 아무것도 언급하지 않았다.

나 혼자만 느끼고 있었다. 그렇게 생각하니 왠지 좀 기분이 밝아졌다.

"또 뵙고 싶어요……."

나는 아무런 내색도 하지 않은 채 모두에게 등을 돌리고 조용히 그의 이름을 중얼거렸다.

*   *   *

문이 열리는 소리에 머리를 들어 '어서 오세요' 하고 외친 나는 갑자기 우르르 가게 안으로 몰려들어 온 남자들을 보고는 황급히 카운터에서 뛰쳐나왔다.

진열대 앞에 선 정장 차림의 남자가 일 번 카운터 안에 있던 시바모토의 팔을 잡고 끌어내고는 그 안으로 들어가려 하고 있었다.

"잠깐, 잠깐, 무슨 일인가요, 도대체?!"

"『야지마 쥬얼리』의 주인 야지마 토고(矢嶋透吾)씨가 어느 분입니까?"

"아, 네. 제가 야지마 토고입니다만……."

"아아, 저 남자가 아니라 당신이군요?"

그 남자는 하야카와에게 이제 비키라는 듯 턱 끝으로 신호를 하더니, 종이 한 장을 내 눈앞에 들이댔다.

"자, 보시죠. 수색영장입니다."

"수색영장…… 경찰이라고요?"

정장 차림의 남자는 고개를 끄덕이면서 경찰임을 증명하는 신분증을 내게 보였다.

"하지만 경찰이 우리 가게에 무슨 일로……?"

"이제부터 이 가게에 있는 물건들을 압수하겠습니다. 그러니까……."

나의 질문에는 아랑곳하지 않고, 남자는 소리를 질렀다.

"종업원들도 모두 저쪽 구석으로 가세요. 아무것도 손대지 마세요. 당신도요."

그 남자가 어깨를 밀어붙이는 바람에 나는 비틀거리다가 진열장에 손을 얹었다.

"손대지 말라고 말했는데 못 알아들었나요?"

힐끗 노려보던 그의 얼굴이 굳어진다.

당신이 밀어붙여서 그런 거잖아?

나는 화가 솟구쳐 입꼬리가 일그러졌다.

나의 표정이 마음에 들지 않았는지, 그 남자는 다시 나를 구석으로 힘주어 밀었다.

하야카와가 '사장님, 괜찮으세요?' 하며 넘어지려는 나를 부축해 주었다.

"아니, 아무리 경찰이라고 해도 너무하잖아. 이유도 설명하지 않고 갑자기 들이닥치더니 이런 식으로……. 나중에 엄중히 항의하겠습니다!"

우격다짐하는 남자에게 비난의 시선을 날리는 하야카와

를 거들어, 와카바야시와 시바모토도 성난 표정으로 고개를 끄떡였다.

블랙카드를 가진 통 큰 고객 카타쿠라 우쿄가 우리 가게를 찾은 날로부터 꼬박 두 달이 지났다.

꼭 그날 같지는 않았지만, 그때부터 가게에 처음 온 남성 고객이 그다지 자세히 살펴보지도 않고 물건을 구매하는 경우들이 있어 매출은 다시 늘어나게 되었다.

늘어난 신규 고객이 모두 남자라는 사실에 잠시 고개를 갸웃거리기도 했지만, 그 후 멋진 몸매의 젊은 여성 고객들도 서서히 늘어갔다. 가게 안에 손님이 있는 시간이 늘어났고, 지금까지는 그냥 지나치던 오피스 레이디들도 가게 안을 들여다보기 시작했다.

나는 말할 것도 없었고 하야카와도 너무나 기뻐했다. 그리고 나는 노련한 그와 의논한 결과, 과감하게 신작을 매입해서 점차 매장에 새로운 상품을 들여놓기로 했다.

모든 것이 순조롭게 되어가고 있었는데…… 하며 한숨을 내쉬는 나에게 아까 그 정장 차림의 형사인 듯한 남자가 뚜벅뚜벅 다가왔다.

"열쇠를 좀 내주시죠."

"열쇠라면 그, 그 진열대 열쇠 말씀인가요?"

"물론 그렇습니다. 진열대에 진열되어 있지 않은 것도 포함해 모두 압수해야 하니까요."

나는 서둘러 진열대 열쇠꾸러미를 건네고, 조심스럽게 물었다.

"도대체 뭐가 어떻게 되는 건가요?"

이제 『야지마 쥬얼리』 문 앞에는 제복 차림의 경관이 서 있었다.

가게 안에서는 제복을 입은 경관과 사복 차림의 형사들이 실내를 샅샅이 뒤지며 돌아다니고 있다.

"장물의 혐의가 있거든요."

내게서 열쇠를 받은 형사는 귀찮다는 듯이 작금의 사태를 설명해 주었다.

"잠깐만요, 우리 가게에서 장물을 팔았다는 건가요?"

"귀하가 매입한 보석 중에 올 들어 계속되고 있는 보석상 연쇄강도사건의 장물들이 섞여 있다는 정보입니다."

열쇠를 손에 든 형사는 지긋지긋하다는 표정을 짓고는 어깨를 으쓱했다.

"그렇다면 우리 가게가 혐의를 받은 게 아니고 우리 거래처가……?"

"귀하에게 장물들을 팔아넘겼다고 자백했어요. 그래서 압류하러 온 거예요."

'그 사장이 장물을?

믿을 수 없는 심정으로 나는 형사의 얼굴을 쳐다보았다.

향후 신작을 들여놓기로 한 시점에서 『야지마 쥬얼리』는 새로운 거래처와의 거래를 시작했었다.

당초에는 기존의 거래처를 통해 주문하려 했지만, 아버지 대부터 가까운 관계를 유지해 온 업계 지인이 '새로 시장에 뛰어든 구입처가 있는데 말이지……' 하고 소개해 주었던 것이다. 물건을 보니 질도 좋고 매입가도 양심적인데다가, 복스러운 인상을 가진 초로의 사장은 나 같은 애송이에게도 상냥하게 대해 주었다.

그래서 한 번 거래해 볼까 싶어 하게 된 건데…….

소재는 물론 디자인의 질도 가능한 떨어뜨리지 않도록 하는 한편, 보석이라기보다는 그저 액세서리에 가까운 저렴한 상품도 수량을 늘렸다.

그리고 겨울 보너스 지급 시기에 와 있는 지금, 그러한 상품을 중심으로 순조롭게 매상이 늘고 있었다.

와카바야시와 시바모토가 제안한 신상품 기획은 여성용 반지와 넥타이핀이 결합된, 완전 예약제의 발렌타인 상품이었다. 새로운 구입처를 통하여 저렴한 가격으로 공급받을 수 있었기에, 배포한 광고를 본 고객들로부터 이미 여러 건의 예약이 들어와 있었다.

'—그런데, 이런……. 어쩌면 좋지.'

발렌타인 기획은 중단한다고 해도 이미 예약해 둔 고객들에게는 뭐라고 한단 말인가?

두 달 전 그날, 카타쿠라 우쿄는 나에게 행운을 싣고 와

주었다.

'방금 전까지만 해도 그렇게 생각하고 있었는데…….'

새로 들여온 물건들에 장물이 있었을 줄이야.

이제 막 물건들을 매입한 참에 일이 이렇게 되다니.

내가 가게의 경영을 떠맡은 지 일 년 반……. 『야지마 쥬얼리』개점 이래 최대의 위기였다. 멍하니 있는 나에게 형사는 다시 한 번 아까의 서류를 들이밀었다.

"여기에 쓰여 있듯이 이 가게 안의 물건이 수배된 장물 목록에 있는 장물인지, 일단 물건들을 모두 압수해서 검사해 보고, 장물로 판명이 난 물건에 관해서는……."

무뚝뚝하게 목을 움츠린 형사는 말끝을 흐렸다.

"이미 결제도 다 끝난 물건들인데……."

"염려하지 않으셔도 장물이 아닌 물건들은 곧 돌려 드리겠습니다. 검사가 언제 끝날지는 모르겠지만요."

"그럴 수가……. 물건이 없으면 영업을 할 수가 없잖아요?"

"일단 귀하에게 거래처를 소개해 주었다는 회사를 알려 주시지 않겠습니까? 경찰로서는 판매유통망까지 포함해 일망타진하길 원하거든요."

고객 명단도 제출하라고 계속해서 요구하던 형사가 다른 형사의 부름을 받고 벽에 붙박인 진열장으로 걸어갔다. 진주가 박힌 세 줄 목걸이가 있었던 그곳에는 내가 디자인한 티아라와 목걸이, 그리고 귀걸이로 구성된 신부용 세트가 전시되어 있다.

형사들이 주목하고 있는 것은 아마 티아라 중앙에 박혀 있는 커다란 다이아몬드일 것이다. 크고 작은 진주를 듬뿍 사용해 화관을 모티브로 해 제작한 이 프린세스 화환 스타일의 티아라 세 점 세트는 현재 비매품이라는 딱지가 붙어 있었다.

그러나 비매품이긴 하지만 대여는 해주고 있었다. 이미 한 오랜 단골이 일주일 후에 '손녀의 결혼식에 쓰게 해줘' 하고 부탁하여 현재 우선적으로 대여 예약을 해놓은 상태였다.

"잠깐만요, 설마 아니겠죠? 그것도 가져가려는 건……."

'결혼식 당일에 도착하지 못하면 어떻게 하지?'

마치 쏴아 하고 온몸의 핏기가 빠져나가는 듯하다.

경찰은 티아라에 박혀 있는 진주까지 장물로 의심하고 있는지도 몰랐다.

하지만 티아라의 구성품 가운데 새로운 거래처로부터 매입한 상품은 다이아몬드뿐이었다. 다이아몬드만 빼고 곧 돌려준다면 그래도 다행이다. 서둘러 비슷한 품질의 다이아몬드를 수배해서 대신 박아 넣으면 어떻게든 된다.

문제는 때맞춰 돌려받지 못하게 되는 경우이다.

'만일 가운데 다이아몬드뿐만 아니라, 티아라의 목걸이

전체와 귀걸이 세트를 압수당한다면…….'

―그건 안 돼! 우리 가게의 신용이 걸려 있는데……!

나는 황급히 아까의 형사에게 '저, 죄송합니다만!' 하고 말을 걸었다.

『야지마 쥬얼리』의 존폐 위기가 다가오고 있었다.

＊　　　＊　　　＊

정보수집이라는 명분의 조사는 구입처를 소개해 준 업계 지인뿐만 아니라 피해자인 '우리'에 대해서도 이루어졌다. 여기서 '우리'는 나만이 아니었다. 심지어 매입에 직접 관여하지도 않은 하야카와도 경찰에 연행되어 갔다.

강도의 일당이 아니냐는 의심은 결국 풀리긴 했지만 범죄와는 무관하다고 증명되는 과정에서 발생한 손해는 그대로 남아서, 내가 디자인한 티아라 세 점 세트가 신부를 장식하는 일은 없었다.

사정을 설명하고 업계 지인에게도 부탁하여 겨우 결혼식에 맞추어 다른 티아라 세트를 준비해서 사용할 수 있긴 했으나, 돌려받은 티아라에 박혀 있던 다이아몬드는 사라진 채였다.

경찰이 가게에 온 그날로부터 이 주.

지금 『야지마 쥬얼리』는 개점휴업 상태다.

장물 이외의 물건들은 돌아왔고 들어놓은 보험금도 지급받았지만 판매하고 있는 보석 중에 장물이 섞여 있다는 소문이 동네에 나돌았고, 그러다 보니 저렴한 상품을 찾아 방문하던 고객들도 발길이 끊어지게 되었다.

장물인 줄 모르고 판매한 우리 가게도 피해자이지만, 장물인 줄 모르고 구매한 고객 역시 피해자였다. 장물이 아닌 상품조차 환불해 달라고 하는 경우들이 발생했고, 그런 요청을 들어주지 않을 수도 없었다. 대대로 가까이 지내온 고객들의 동정심만이 지금의 나에게 정신적인 의지가 되고 있었다.

"이젠 가게 문을 닫을 수밖에 없는 건가?"

가게 밖으로 나서면 어디서나 신나는 크리스마스 캐럴이 들려왔다. 하지만 할아버지 대부터 우리 가게는 크리스마스 판매경쟁을 하는 그런 곳이 아니었다.

장물인 줄 모르고 물건을 납품받았던 때에는 흑자였는데, 현재 가게의 경영 상태는 크게 적자로 전락하고 있었다.

부지와 건물을 내놓고 보험금을 지급받으면 지금까지의 적자는 어떻게든 될 것이다.

『야지마 쥬얼리』를 폐업하고, 지인에게 부탁해서 그동안 같이 지내온 종업원들에게 직장을 찾아주고, 퇴직금을 지급하고, 그리고 나 자신도 일자리를 찾아본다……. 그럴 수

밖에 없는 일인지도 모른다.

진열장을 닦고 있던 나는 '휴우' 하고 한숨을 내쉬었다.

청소는 벌써 끝나가고 있었지만, 맥이 빠져서 그런지 그 다음엔 무얼 해야 할지 생각이 나질 않았다. 가게에는 손님의 그림자도 없는데 신작에 대한 구상을 한다는 것도……. 가게가 파산할 지경인데 말이다. 그나마 이야기 상대가 되어줄 하야카와도 지금은 가게 안쪽 구석에서 점심 시간을 맞아 휴식을 취하고 있었다.

가게 안에서 혼자 천천히 걸레질을 하던 나는 유리문을 열고 들어오려는 사람의 모습을 보고 돌아섰다.

"어서 오세요……."

힘 빠진 나의 목소리는 자신 없는 현재 나의 모습을 그대로 드러내고 있었다.

경찰이 영장을 가지고 온 날부터 줄곧, 가게에 사람이 나타나도 고객일 거라는 기대는 없었다. 고객이라고 해도 불만이나 환불요청, 아니면 주문 취소를 하러 오는 경우였다. 그날 이후 계속 매출은 제로라서 자신이 없어지는 것도 어쩔 수가 없었다.

"실례지만, 이 가게의 사장님이시지요."

"네, 그렇습니다만 무슨 일이신가요?"

"단도직입적이고 솔직하게 말씀드리겠습니다. 대출서비스에 대한 말씀을 드리러 왔습니다. 소위 말하는 사채입니다."

남자는 그러면서 나에게 명함을 건넸다.

'K 파이낸스, 오다기리 타카(小田桐峻)'라고 적힌 명함의 직함은 부사장이었다.

'이런 상태의 가게에 대출이라니?'

이미 기존에 거래하던 은행들로부터는 이미 추가대출을 거절당한 상태였다.

그 외에도 부지런히 몇 군데를 더 돌았지만 긍정적인 대답은 받지 못했다.

나는 불신감을 안은 채 가게를 찾아온 남자의 얼굴을 다시 바라보았다.

쥐색 정장에 무테안경, 오른쪽 눈 아래에 작은 점이 있는 이 사내의 얼굴은 왠지 어디선가 본 기억이 있는 듯한 느낌이 들었다.

하지만 언제, 어디서 봤을까?

고개를 갸웃거리고 있는 나에게 남자는 '미리 사과드리겠습니다' 하고 말하며 엷은 미소를 지었다.

"장물판매에 연루되신 사건에 대해 들었습니다. 실례지만 경영 상태에 대해서도 저희 쪽에서 이미 조사해서 알고 있습니다."

이해할 수 없는 얘기다. 곤란한 상황에 처한 상대에게 높은 금리로 돈을 빌려주는 것이 사채의 상투적 수단이라는 것은 물론 알고 있다.

그러나 지금의 『야지마 쥬얼리』에게 돈을 빌려줘 봤자 본전이나 회수할 수 있을까?

"조사를 하셨다면, 어떻게 저희에게 융자를?"

"그래서 사과를 드리는 겁니다……. 『야지마 쥬얼리』에게 피해를 입힌 구입처에 저희가 대출을 해주고 있었습니다. 말하자면 저희도 피해자랍니다. 하지만 일련의 사건의 전후를 생각하면, 저희 때문에 『야지마 쥬얼리』가 피해를 입었다고도 할 수 있죠."

무슨 말인지 의아해하는 나에게 그는 자신들이 그 구입처에 추가대출을 거절했고, 그 때문에 장물에 손을 대게 된 듯하다고 설명했다.

"……대체 누구한테 그런 이야기를 들으셨나요? 우리 가게는 피해자인데도 아무것도 알 수가 없었거든요."

"과부 사정은 과부가 안다고 하죠. 이런 장사를 하다 보니 이상하게 경찰과도 가까이 하게 되는군요. 경찰 중에는 도움말이나 정보를 흘려주는 사람도 있습니다. 뭐, 그쪽에 대출해 준 것도 있고 해서 우리한테도 경찰이 왔었구요. 체포된 사장이 그렇게 자백했다던데요."

우리들도 같은 피해자라는 말을 다시 한 번 반복하고 오다기리는 미소를 지었다.

여유가 느껴지는 그의 미소를 보니 점점 더 수상쩍었다.

"저희와 같은 피해자라면 우리 가게에 융자를 해줄 수 있는 형편이 아닐 텐데요?"

"염려 마십시오. 저쪽에 대출금을 회수하는 절차는 이미 밟아놓았거든요."

"하지만 그렇더라도 조사를 하셨다면 이미 아시잖아요. 우리는 부지와 건물도 이미 저당 잡혀 있는 상태인걸요."

대출을 받아 가게를 정비할 수만 있다면 물론 나에게는 반가운 소식이다.

하지만 자금은 융자로 조달할 수 있을지 몰라도, 신용은 하루아침에 되찾을 수 있는 게 아니다.

할아버지와 아버지 대부터의 고객들은 동정적이므로, 어쩌면 경영 상태는 반등할 수 있을지도 모른다……. 하지만 그들이 동정적이라고 해서 아직 나를 신용해 주고 있는 것은 아니다.

"네, 알고 있습니다. 사정이 이중삼중으로 얽혀 있는 것도 알죠."

그렇다면 더더욱 이해할 수 없는 이야기이다.

『K 파이낸스』의 부사장이라는 이 남자가 대출을 구실 삼아 나를 찾아온 것은 도대체 왜일까?

우리에게 땅이나 건물, 혹은 재고로 남아 있는 물건 이외에 영양가 있는 뭔가가 있었다면 대출 제안을 하는 것도 이해가 된다.

하지만 우리 가게에서 대출액을 회수할 전망이 있었다면 내가 은행이나 신용금고에 머리를 숙이러 갔을 때 이미 추가대출을 받을 수 있었을 것이다.

그런데도 구태여 대출 이야기를 한다는 게 납득이 가지 않아서 나는 거듭 '왜?'라고 물었다.

"그러니까 이 대출 제안은 일종의 사과인 것입니다."

"높은 금리로 대출해도 이 가게가 쓰러져 내가 파산해 버리면 끝이죠? 그런데도 설마 사채업자가 봉사의 의미로 돈을 빌려줄 리가 없잖아요?"

휴우 한숨을 내쉬던 오다기리의 표정이 처음으로 흐려졌다.

"……좀 곤란하네요. 더 이상의 이야기는 제 재량으로는 말할 수가 없습니다."

"저도 목적을 모르는 이상 돈을 빌릴 수는 없어요. 대출 제안을 해주시는 건 고맙지만, 이 이야기는 없었던 것으로 하죠……. 이만 돌아가세요."

하야카와가 안쪽의 사무실에서 점심 휴식을 취하고 있는 터라 나는 의자도 권하지 않고 차도 권하지 못한 채 손으로 문 쪽을 가리켰다.

"토고 씨, 그렇게 서둘러 답하실 필요는 없잖아요?"

"아뇨. 원하시는 게 무엇인지는 모르지만 마음만 받겠습니다."

"어쩔 수 없네요. 말씀을 드려도 되는지 확인할 테니 잠시 기다려 주시겠습니까?"

오다기리는 그렇게 말하면서, 내가 대답도 하기 전에 서둘러 주머니에서 휴대폰을 꺼내 어디론가 전화를 걸기 시작했다.

'그건 그렇고, 분명 어디선가 본 듯한 느낌이 드는데.'

하지만 역시 본 적이 있다는 것밖에 생각이 나지 않는다.

전화를 건 오다기리는 내가 대출 제안을 거절하고 있다고 말하고 있었다.

상대는 분명 그의 회사 사장인 듯하다.

"네. 그렇지만 사장님, 직접 만나는 것은 좀……. 예, 알겠습니다."

조금 당황한 표정으로 오다기리는 전화를 끊었다.

나에게 시선을 돌린 그의 표정은 냉정함을 유지하고는 있었지만, 미간은 살짝 일그러져 있었다.

"사장님이 직접 토고 씨와 이야기를 나누고 싶으시답니다."

"대출 이야기라면 이젠 그럴 필요가……."

내가 막 말을 마치려 할 때, 가게 앞으로 미끄러지듯 나타난 벤츠 승용차와 그 차에서 내리는 인물을 보고 순간 나는 눈앞에 있는 오다기리의 존재를 잊었다.

이 개월 전 행운을 싣고 온 남자, 카타쿠라 우쿄가 가게로 들어오고 있다.

"어, 어서 오세요."

그날처럼 검은 선글라스의 운전수를 거느리고 나타난 그는 나와 마주보고 있던 오다기리를 향해 '나한테 맡겨' 하고 말했다.

'아, 그래. 어디선가 본 적이 있다고 생각했는데 그날 조수석에서 내린 남자가 오다기리였어!'

겨우 기억을 되찾은 나한테 그가 명함을 내밀었다.

반사적으로 받아 든 명함에는 오다기리의 명함에서 본 『K 파이낸스』라는 회사명과 사장이라는 직함이 적혀 있다.

설마 이 남자가 사채업자였다니.

멍하니 넋을 잃고 바라보던 나는 머리를 흔들어 정신을 차렸다.

동일 인물이라지만, 지금 여기 나타난 그는 그날의 고객과는 달랐다.

위기에 처한 『야지마 쥬얼리』에 구태여 대출을 해주겠다니, 아무리 사채업자라 해도 수상하기만 하다.

"……카타쿠라 사장님. 이 개월 전에 오신 것은 조사의 일환이었나요?"

"그렇진 않습니다."

갑작스러운 나의 질문에 뒤편으로 물러나 있던 오다기리가 대답했다.

"내가 대답한다. 오다기리, 자넨 가만히 있게."

"죄송합니다, 두목. 그만 주제넘게…… 죄송합니다."

'어, 두목?'

사장이라고 말한 것을 잘못 들은 걸까?

하지만 분명히 '두목' 으로 들렸다.

조용히 고개를 갸우뚱거리던 나는 휴식을 마친 하야카와를 불러 『K 파이낸스』 소속이라고 주장하는 두 남자와 선글라스의 남자를 사무실로 안내하도록 부탁했다.

철제선반과 칸막이로 울타리를 쳐두었을 뿐인 응접실에서, 나는 그들에게 소파에 앉으라고 권했다.

"오다기리한테 들었는데, 대출 제안을 거절했다고 하더군."

낡은 소파에 마주앉은 채 '네' 하고 인정하자, 카타쿠라는 그 이유를 물었다.

"……죄송한 말씀이지만 지금까지 서로 거래가 있었던 것도 아니고, 지금 우리 가게의 신용은 바닥인 데다가 경영 상태는 붕괴직전이에요. 한심한 일이지만 장물인 줄도 모르고 물건을 매입하다니 업계의 조롱거리입니다. 그저 웃음거리일 뿐이죠."

나는 손을 무릎 위에 얹은 채 불끈 주먹을 쥐었다.

할아버지와 아버지가 가지고 있었던 안목이 나에게는 없었던 것이다.

인정할 수밖에 없는 이 현실과 자신에 대한 분노가 치밀어 올랐고, 꽉 움켜쥔 손바닥으로 짧게 자른 손톱이 파고들었다.

"저희의 경영 상태로 볼 때, 회복가능성은 카타쿠라 사장님이 생각하시는 것보다 훨씬 낮습니다. 『야지마 쥬얼리』가 파산할 경우 부지와 건물을 손에 넣으시려는 의도라면 이해는 갑니다만······"

대로변이 아니라 하더라도 여기는 긴자 거리다.

부지와 건물을 팔아주겠다는 이야기도 지금까지 여러 차례 들었다.

"그러나 건물도 땅도 이미 저당 잡힌 상태입니다."

"물론 그것도 알고 있어."

"그런데도 왜죠? 그런 상황에서 대출 제안을 납득할 수 있겠습니까?"

"······어이, 오다기리. 더 쉽게 이야기를 진행할 방법이 없을까?"

카타쿠라 사장은 질문을 던진 내가 아니라 옆에 앉은 오다기리를 난처한 얼굴로 바라보았다.

그러자 죄송스럽다는 듯이 고개를 숙이고 있던 오다기리의 입가에 왠지 엷은 미소가 떠올랐다.

그다지 죄송스러워하는 듯 보이지도 않았다.

내가 어리둥절하게 고개를 갸웃하던 그때, 벽에 기대고

서 있던 선글라스의 남자가 주먹을 쥔 오른손을 입가로 가져가더니 벌어지는 입술을 가렸다.

'어라? 운전기사까지 웃고 있다니?'

어깻죽지가 가볍게 흔들릴 정도로……. 분명 나의 착각은 아닌 것 같다.

사장이라면 당연히 회사의 우두머리이다. 그 사장이 곤란해하고 있는데 부하는 웃고 있다니…… 도대체 무슨 일일까?

의문이 더 커지기만 하는 가운데 '다른 이유가 없다면, 이만' 하고 나는 말했다. 당혹스러운 표정의 카타쿠라는 헛기침을 하고는 '이유라고 했나?' 하며 표정을 바꾼다.

"여기의 물건들이 마음에 들었기 때문이라고 한다면 이유가 될까?"

즉, '투자'라는 말인가.

그게 진짜 이유였다면 진작 그렇게 말했어야 한다.

이 시점에서야 그런 얘기가 나오다니, 그저 만들어낸 이유가 아닐까.

"예전에 오셔서 물건을 구입해 주신 것도 기억하고 있습니다. 투자라고 말해주신다면, 저도 솔직히 기쁩니다."

"그렇다면 대출 제안을 받아들여. 투자라고 생각해도 좋으니까."

만약 처음부터 그렇게 얘기가 나왔더라면, 사채업자라

는 걸 알았다 해도 나는 융자를 받았을 것이다.

게다가 대출 제안을 위해 처음 온 사람이 카타쿠라 사장이었더라면 나는 더 없이 기뻤했을 것이다.

하지만 이제 와서…… 지금 멍청히 긴장을 풀면 판단력을 잃게 된다.

솔직히 믿을 수만 있다면 더없이 기쁠 것이다.

하지만 이미 늦었어, 카타쿠라 사장……. 마음속으로 나는 조용히 중얼거리며 고개를 저었다.

"우리 가게가 다시 살아날 수 있다고 생각하세요? 높은 금리로 융자를 받는 건 저에게는 너무나……."

"금리라면 특별히 낮추어줄 수 있어."

팔짱을 낀 채 단호하게 말하는 카타쿠라 사장을 나는 멍하니 바라보았다.

"뭣하면, 은행이율보다 더 낮추어도 좋아."

나는 그저 '무슨 그런 농담을요?' 하고 되물었다.

'은행이자보다 낮아도 좋다니, 농담이 아니라면 어떻게……'

하지만 카타쿠라 사장은 '진심이다' 라고 말했다.

옆에 앉아 있던 오다기리도 어깨를 움츠린 채 사장의 말을 철회하려는 기색은 없었다.

"……높은 금리로 돈을 빌려주는 것이 사채업 아닌가요? 이런 제안을 제가 믿을 거라고 생각합니까?"

"전에 이 가게에 왔을 때도, 물건이 마음에 들었기 때문에 보석 네 점을 모두 구입했어. 그러니까, 이 가게가 문을 닫지 않도록 대출 형식으로 투자하고 싶다…… 이렇게 말해도 못 믿겠나?

"사과 명목으로 안 되니까 투자라구요? 어쩌면 계약한 후에 숫자를 몰래 조작할지도 모르잖아요?"

내가 한 말에 반응이라도 보이듯이, 벽에 기대어 있던 선글라스의 남자가 성큼 앞으로 나섰다.

조작이라는 말이 지나쳤던 것일까.

그 말없는 남자로부터 느껴지는 무게감에 나는 반사적으로 몸을 뒤로 젖혀 낡은 소파의 등받이에 기댔다. 나를 보며 눈썹을 찌푸리던 카타쿠라 사장이 뒤를 돌아보았다.

"소가베(曾我部), 넌 빠져."

"……죄송합니다."

카타쿠라 사장이 싸늘한 목소리로 명하자, 곧 긴장감은 사그라졌다.

선글라스의 남자는 한 발자국 물러나 다시 벽에 등을 기댔다. 카타쿠라 사장은 나에게 '걱정 마' 하며 입가에 미소를 띠었다.

"나는 별로 『야지마 쥬얼리』를 상대로 사기대출 같은 건 생각지도 않아."

"그럼 무엇을 생각하고 계시나요?"

"저금리로 대출을 해주겠다는 것은 사실이야……. 다만 조건이 하나 있지."

'역시……' 하는 말이 나도 모르게 입술에서 새어 나올 뻔했다.

뭔가 조건이 있을 거란 걸 예측하지 못한 건 아니다.

하지만 사과의 명분이라느니 투자가 어떻다느니 하는 것보다 이런 이유야말로 신빙성이 있는 것이다.

"어떤 조건입니까?"

"가끔 가게의 사무실을 빌려줘. 그것뿐이야."

정말, 그뿐이라고?

일단 수상쩍다는 생각이 든 탓인지 지금의 나는 평소보다 훨씬 더 회의적이었다.

"만일 그 조건을 받아들인다면, 우리 사무실에서 무엇을 하실 생각인가요……?"

"이따금 되도록 눈에 띄지 않게 만나야 할 상대가 있다. 그때에 사무실을 빌려줘."

어떤 상대와 밀회를 원하는지는 모르겠지만, 그런 이유로 『야지마 쥬얼리』에 저금리로 대출을 제공하다니 말이되는가.

"카타쿠라 사장님, 밀회 장소라면 여기 말고도 달리 좋은 곳들이 있을 텐데요?"

밀회를 위해서라면 호텔이 더 적합하지 않은가?

상대라고 말한 것은 여성인지도 모른다……. 그런 생각이 들자 나는 화가 나서, 굳은 목소리로 '그런데, 왜 우리 가게인가요?' 라고 물었다.

"편리한 장소이면서 남의 눈에 잘 띄지도 않거든……. 특히 뒷문은 말이지."

확실히 이 가게의 뒷문은 남의 눈을 피하기 쉽다.

하늘에서 본 『야지마 쥬얼리』는 건물은 L자형으로 되어 있다.

뒷문은 가게의 정면에서는 보이지도 않게 되어 있었다.

"남의 눈을 피해 이곳에서 밀회를 해서…… 도대체 뭘……?"

"상대를 만나 물건과 돈을 교환하는 거지."

"물건이라고요? 애인과의 밀회가 아니고요?"

무심코 나온 나의 말에 카타쿠라 사장은 의아하게 '애인?' 하고 되물었다.

"지금의 나에게 애인이라 할 수 있는 상대는 없어. 만약 있어도 애인과의 밀회 장소라면 이런 고생은 하지 않지. 어쩔 수 없다. 터무니없는 억측들이 더 나오기 전에 솔직히 해두는 게 좋겠군."

그의 옆에 앉아 있던 오다기리가 '두목, 그건 좀…… 잠깐만요' 하고 끼어들었다.

하지만 뭔가를 더 말하려는 오다기리를 카타쿠라는 한

번 노려봄으로써 입을 다물게 만들었다.

"자네가 생각하는 것 같은 애정관계는 아니야. 비즈니스 상대들이지. 여기서 은밀히 만나게 될 사람들은 주로 정치인이나 관료들이니까 말이야."

"그런 사람들과 사채업자인 당신이 밀회를요?"

무엇을 위해, 하고 생각하는 순간 나의 뇌리에는 '비자금'이라는 단어가 떠올랐다.

카타쿠라는 마치 나의 마음이라도 읽은 것처럼 '바로 그거야' 하며 고개를 끄떡였다.

"이 가게를 아지트로 삼아 그들에게 돈을 건네고 싶다. 너한테도 나쁠 건 없을 거야."

그건 또 무슨 얘기람?

나는 의심과 불안이 뒤섞인 심정으로 눈썹을 찡그렸다.

"돈은 직접 건네는 것이 아니라 물건을 구매하는 형식이 될 거야. 구매하는 물품은 이곳의 상품이다. 정치인이나 관료들이 여기에 와서 내가 선택해 둔 물건을 사면, 나는 다시 돈을 치르고 그것을 사들이지. 『야지마 쥬얼리』의 입장에서는 확실히 매출을 올릴 수 있다는 장점이 있어."

"뭐라구요? 우리 가게의 보석품들을 그런 목적으로?!"

"구입할 상품은 내가 아니라 자네가 스스로 선택해도 좋다. 팔리지 않아 처치곤란이거나 더 이상 필요 없는 물건이라도 상관없어."

결국 누이 좋고 매부 좋은 거 아니냐는 듯 태연한 얼굴로 그는 말했다.

나는 정면으로 그를 바라본 채 잠시 말문이 막혔다.

'안 팔리고 남은 물건이라……'

그렇게 말하는 카타쿠라에게 악의가 있어 보이지는 않았다.

표정은 물론, 그의 말투에서도 악의는 느껴지지 않았다.

……분명 가게 안에는 오래 동안 진열되어 있는 보석들도 있다.

하지만 아무리 남들에게는 평범한 디자인으로 보일지라도, 모두 자신들이 하나하나 손수 깎고 다듬어 장식할 보석도 직접 고른 것들이다.

'그것을 필요 없는 물건이라니……'

장사꾼이라면 잔말 말고 금이나 감정하라는 건가?

카타쿠라가 꼭 그렇게 말한 것은 아니지만, 마치 그런 의미인 것 같아 화가 난다기보다는 서글픈 생각이 가슴을 미어지게 했다.

"뭣하면 짜투리 보석들만 모아서 만들어 줘도 좋아. 아니면 그냥 받아올 수 있는 기성품이라도 상관없고. 어때, 별로 나쁘진 않지?"

그날 구입한 네 점의 보석품도 그런 용도로 쓰셨습니까?

나는 그런 말이 목구멍 밖으로 나오려는 것을 다시 집어

삼키고, 이야기의 방향을 바꾸었다.

"……그러고 나서 상대방에게 다시 사들인 물건은 어떻게 되나요?"

"안심하라구. 내다 버리거나 하는 일은 없을 테니까."

카타쿠라의 입가에 희미하게 미소가 떠오른다.

버릴 거라고는 생각지 않지만 걱정스럽지 않을 수 없다.

고객의 눈에 띄거나 마음에 들어 판매된 후에는 치장을 위한 장신구로 쓰이거나 컬렉션의 일부가 되거나 한다……. 지금까지 나는 이것을 당연시해 왔다.

일단 팔린 물건은 아무리 구매한 사람의 마음대로라곤 해도, 나한테 있어서 카타쿠라가 말하는 처리 방법은 생각하지도 못할 일이었다.

"일단 구매한 물건들은 가치 있게 활용해야지. 우리 조직의 관계자들이나 우리 구역에서 일하고 있는 여자들에게 상으로 줄 수도 있겠지. 경우에 따라서는 구입한 후 상대에게 그대로 선물하게 되는 경우도 있을지 몰라."

"조직, 이란 뭘 가리키는 겁니까?"

돌연 질문한 그 말에 갑자기 그의 얼굴 근육이 굳어졌다.

"저…… 설마 'K 파이낸스'라는 건…….'"

갑자기 입안이 마르며 쉰 목소리가 나왔다.

"K 파이낸스를 운영하는 주체는 카라스마파의 카타쿠라 조직이다."

카타쿠라는 숨기고 자시고 할 것 없이 깨끗이 인정했다.

그리고 나를 향해 '재떨이 있는가?' 라고 물었다.

"카, 카라스마파라면, 그……."

나는 꿀꺽 침을 삼켰다.

하지만 뭔가 말하지 않으면 안 된다는 생각뿐, 무엇을 어디서부터 말해야 할지 몰라 그저 금붕어처럼 입만 뻐끔거리기만 했다.

내가 스스로의 귀를 의심하는 가운데, 카타쿠라가 담배를 입에 물었다.

"불……."

그의 한마디에 오다기리는 '두목, 여기 있습니다' 하며 불붙은 라이터를 내밀었다.

'금연' 이라는 단어가 뇌리를 스쳤지만, 지금은 그것을 신경 쓸 겨를이 없었다.

침묵이 깔린 실내에 연기가 끼기 시작했다.

오다기리가 은빛 휴대재떨이를 테이블 위에 올려놓았다.

그 순간 테이블의 유리상판과 금속이 부딪치는 작은 소리에 나는 약간 긴장이 풀리는 걸 느꼈다.

그날 느꼈던 친근감 때문이었을까……. 머리 한구석에 묘한 감정을 느끼며, 나는 입을 열었다.

"야, 야쿠자가, 무슨 일로?"

의문점이 무엇인지조차 명확하지 않은 질문을 던지는 나의 목소리는 불안하게 떨리고 있었다.

"막 사는 인생이 정치인이나 관료들과 어울리는 게 그렇게 이상한가?"

실쭉 웃다가 가볍게 고개를 갸웃하던 카타쿠라는 갑자기 '야, 소가베!' 라고 소리치며 검은 선글라스의 남자에게 손짓했다.

순간 놀라서 몸을 떠는 나에게 오다기리가 나섰다.

"겁먹을 필요 없어요. 난폭한 행동은 하지 않을 테니까요."

무서워하지 말라고?

그렇게 얘기하고 싶지만 목이 벌렁거리기만 하고 소리가 밖으로 나오지 않는다.

"응? 왜 그래? 오다기리, 너 쓸데없이 겁주지 마라."

"아닙니다. 그런 게 아닙니다. 두목이 갑자기 소리쳐서 야지마 씨가 겁을 먹었거든요."

"……그랬나, 내가?"

"네, 그렇습니다. 제가 그런 게 아닙니다."

"목이 말라서 소가베에게 뭐 좀 사 오라고 하려 했을 뿐이다……. 소가베, 아마 근처에 카페가 있을 거야. 알아서 적당히 음료수 네 개만 사 와."

머리는 절반만 돌린 채 카타쿠라는 뒤에 서 있던 선글라스의 남자를 향해 지갑을 내던졌다.

소가베는 지갑을 한 손으로 낚아채곤 가볍게 묵례를 한 뒤 뒷문으로 사라졌다.

"『야지마 쥬얼리』에게 메리트가 있다는 건 충분히 알았을 테지. 이제 자네의 생각을 들려주겠나?"

자신에 찬 그 목소리에 위협의 기색은 없었고, 그의 표정은 부드러웠다.

'그날 본 그 카타쿠라 그대로였으면 좋았을 텐데.'

이런 일이라면 다시 만나지 않는 게 좋았다고…….

이제 와서 바라봤자 어쩔 수 없다고 알고 있으면서도 그렇게 바랄 수밖에 없다.

"이 대출의 제안, 받아주겠나?"

거듭되는 질문에, 나는 시선을 고정시키지 못했다.

'거절하면 협박당하려나?

일말의 불안은 있었지만 카타쿠라는 물론 오다기리에게서도 특별히 뭔가 위해를 가할 것 같은 불온한 공기는 느낄수 없었다.

여기서 대출 제안을 거부하고 가게가 망한다 하더라도, 내게 그 밖에 더 잃을 것이 있을까?

그의 시선을 정면으로 받으면서 나는 자신에게 물었다.

장물을 받은 것 때문에 가게의 신용은 추락해 있다.

상품을 감정한 내게 보는 안목이 없다는 것도 이미 증명

된 셈이다.

경영자로서 나의 능력이 모자라는 면도 있고 불경기의 여파도 있어서 아버지 대부터 서서히 늘려놓은 매출이 내 대에 와서는 내리막이었고, 카타쿠라가 방문했던 그날까지 매출이 늘어본 적이 없었다.

옛날부터 친분을 유지해 온 단골 고객들은 '나다움'이 깃든 디자인이라고 격려해 주었지만, 나의 디자인 감각은 뛰어나다기보다는 오히려 평범한 쪽에 가깝다는 걸 나 자신이 누구보다 잘 알고 있다. 그나마 생전의 아버지로부터는 '까짓것 한번 해봐' 하는 격려를 듣곤 했는데.

'……그래도 뭐, 이 건물과 땅 외에는 더 잃을 것도 없지 않은가.'

대출 제안을 거부하면 이 가게에서 일하는 종업원들은 일자리를 잃게 된다. 그들한테는 미안하지만, 이러한 상황을 이해 못할 사람들도 아니다.

지인에게 부탁해서 가능한 그들의 다음 직장을 알아봐야지.

그리고 참새 눈물 정도밖에 안될지도 모르지만 퇴직금도 준비해 줘야 하고…….

"자네의 답변은? 어때?"

카타쿠라의 조금 초조해진 목소리에 나는 뜻을 정하고 입을 열었다.

"……거절하겠습니다."

협박할 테면 해. 폭력을 쓰겠다면 한번 써보라지.

거의 자포자기의 심정으로 이렇게 각오한 채 나는 목소리를 떨지 않으려고 애쓰며 이렇게 말했다. 그리고는 후우 한숨을 내쉬는 나에게 카타쿠라가 '이유가 뭔가?' 라고 물었다.

"저금리로 대출해 준다는데도 마음이 움직이지 않는 것인가.『야지마 쥬얼리』의 입장에서는 그리 나쁘지 않을 텐데?"

예상외로 차분히 말하는 그의 입모양을 자세히 보니, 거기엔 희미한 미소가 떠올라 있었다.

화를 내기는커녕 짜증내는 기색조차 없다.

왜일까……. 마음 한구석으로 의아해하면서도 나는 '그래도 싫습니다' 라고 대답했다.

그것은 나 스스로도 깜짝 놀랄 정도로 강한 목소리였다.

"이 가게를 그런 일에 쓰고 싶지 않아요."

다소 망설이며 거절의 말을 되풀이하는 나를 보며 카타쿠라의 웃음은 더욱 깊어졌다.

"좀 더 쉽게 진행될 거라고 생각했었는데, 좀처럼 마음에 드는 대답을 들려주지 않는군. 이거 곤란한걸. 점점 더 자네가 마음에 들어버리잖아. ……흠, 어쨌든 싫다? 할아버지 대부터 이어져 내려오는 가게가 아닌가? 망해도 괜찮다는 건가?

그의 말에 가슴이 저리도록 아프다.

억지로 태연한 척, 나는 카타쿠라에게 대꾸하고 싶은 마음을 억누른 채 '이야기는 이제 끝난 것 같군요' 하고 말하며 소파에서 몸을 일으켰다.

"용건이 끝났다면 그만 돌아가 주시죠."

나는 일어서서 그들에게 그만 나가달라고 말했지만, 카타쿠라는 다리를 반대로 꼬더니 소파에 다시 허리를 기댔다. 그 옆에 앉아 있는 오다기리도 일어설 기미를 전혀 보이지 않는다.

유유자적한 태도로 카타쿠라는 두 번째 담배를 입에 문다.

순간 나는 유리테이블 너머로 손을 내밀어, 오다기리가 라이터를 들기도 전에 카타쿠라의 입술에서 담배를 빼냈다.

금세 오다기리의 얼굴이 굳어지며 '안 됩니다' 라고 말하려는 듯했다.

나는 긴장한 표정의 오다기리를 무시하고 손에 든 담배로 바로 근처의 뒷문을 가리켰다.

"이곳은 실내도, 사무실도 금연입니다. 피우고 싶으면 밖에서 피우시죠."

상대방은 야쿠자다. 언제 태도가 돌변할지 모른다.

이미 저질러 버린 이상 어쩔 수 없지만, 나는 긴장감에 심장이 아플 정도였다.

그가 어떤 태도로 나올까……. 나는 긴장하면서 카타쿠라를 응시했다.

"……금연?"

좀 짜증난 목소리로 카타쿠라가 중얼거렸다.

반사적으로 움찔하며 떤 내 앞에서 그는 담배케이스를 바지주머니에 집어넣었다.

일어서서 주먹을 날리는 것은 아닐까 하고 자세를 취했던 나에게, 카타쿠라는 '그럼 진작 말할 것이지' 하며 얼굴을 찌푸렸다.

"어디에도 금연 표시가 없고, 아까도 아무 말 없기에 피워도 괜찮다고 생각하고 있었어."

'어, 어라? 화를 안 낸다?'

'테이블을 집어던지는 정도는 예상했는데…….'

맥빠진 나의 눈에 명백하게 안도하고 있는 오다기리의 모습이 비친다.

오다기리 역시 실례를 범한 걸 사과하며 테이블에서 휴대형 재떨이를 치웠다.

"……그러고 보니 소가베는 어떻게 된 거야? 늦는군."

문득 생각이 난 듯, 카타쿠라가 옆에 있는 오다기리를 쳐다보았다.

"가게가 붐벼서 그런지도 모르겠네요. 보고 올까요?"

"아니, 됐어."

카타쿠라가 고개를 살래살래 저었다.

"담배를 피울까 했는데 좀 허전하군."

어깨를 으쓱해 보이는 카타쿠라한테 다른 뜻은 없는 듯했다.

그저 평온한 기분으로 말하는 것으로 보아 나에 대한 비아냥거림은 아닌 듯했다.

"두목, 사탕이라면 있는데요."

주머니를 뒤지던 오다기리가 '드실래요?' 하며 개별 포장된 사탕 하나를 카타쿠라한테 내밀었다.

오렌지민트 맛이라고 쓰인 사탕을 보고 카타쿠라가 눈썹을 찡그렸다.

"……그런 걸, 내가 먹을 거라 생각하나?"

"물론 생각하지 않습니다. 하지만 요즘의 사탕은 달기만 하진 않아요. 시험 삼아 하나 어떠십니까?"

'야지마 씨도 드시죠' 하고 권유받아서, 주저하듯이 손을 내밀었다.

먹을까 말까, 오렌지민트 사탕을 손가락으로 만지작거리면서 나는 카타쿠라에게 또 다른 사탕을 권하고 있는 오다기리와 떫은 얼굴로 거절하고 있는 카타쿠라를 번갈아 바라봤다.

사교적이고 지적인 느낌의 미남 청년인 오다기리는 어느 기획사에 소속된 연예인 정도로 보이지, 야쿠자로 보이지는 않는다.

두목인 카타쿠라라면 처음부터 느꼈던 범접하기 어려운 분위기로 볼 때 '과연' 하고 쉽게 납득할 수 있다.

다만 이렇게 오다기리와 주거니 받거니 하고 있는 모습을 보면, 그 범접하기 어려운 분위기는 좀 가라앉는 느낌이다……. 가게에 온 세 명 중에서 가장 야쿠자 같은 자가 누굴까 생각해 보면, 방금 전 밖에 나간 소가베일 것이다.

'근데, 이들은 정말로 야쿠자일까?'

그러고 보니 아까 대출 제안을 단호히 거절했을 때도, 고함을 지르거나 날뛸 거라 생각했지만 카타쿠라는 이성적이었다.

사채업자, 게다가 야쿠자라니. 폭력적인 이미지밖에 떠오르지 않았지만 의외로 이야기가 통하는 사람일까?

의아해하는 나의 눈앞에서 오다기리가 주머니에서 꺼낸 것을 다시 한 번 내밀며 '그럼 초콜릿은 어때요?' 하며 권하고 있다.

"어이, 오다기리. 적당히 해. 이야기를 진행해야 하잖아."

"분위기가 부드러워지면 우리에 대한 경계심도 줄어들어 토고 씨의 마음이 변하지 않을까 생각했던 거예요, 두목. ……토고 씨, 어떻습니까? 대출의 건, 다시 생각해 주시지 않겠습니까?"

생긋 미소를 짓고는 오다기리가 나를 쳐다본다.

그의 말에 깜짝 놀란 나는 서둘러 '거절하겠습니다' 라고 대답했다.

"무슨 일이 있어도 거절하겠다는 건가? 거절한다고 해도 마찬가지일 텐데?"

"……마찬가지일 거라니 무슨 뜻입니까?"

"『야지마 쥬얼리』의 경영 상태는 숨이 다 끊어질 정도로 내몰리고 있다. 경영자인 자네도 그건 깨닫고 있겠지?"

그런 일은 없다고 말하고 싶지만, 실은 누구보다도 더 잘 알고 있는 상황이다.

입술을 지그시 깨물며 고개를 끄떡이는 나에게 그는 '가게를 망가뜨리고 싶은가?' 하고 물었다.

"……윽! 망가뜨리고 싶지 않은 게 당연하잖아요."

"하지만 이 대출 제안을 거절하면 『야지마 쥬얼리』는 머지않아 망한다고."

그것은 한없이 가능성이 높은 가까운 장래이다.

다른 사람으로부터 다시 한 번 그런 말을 듣는다면, 융자를 거부하기로 한 나로서도 갈등을 겪게 될 것이다.

내가 가게에 수배서가 돌려진 장물이라고 알아차렸다면, 자금 운용은 어렵다 치더라도 분명 신용문제로는 발전

하지는 않았을 것이다.

'지금 상황과는 반대로 내 안목이 틀림없는 것이라는 증명으로……. 아니야, 내가 무슨 생각을 하고 있는 거야?'

나는 머릿속에서 어느새 두 개로 늘어난 선택사항의 한쪽을 떨쳐 버렸다.

"망해도 어쩔 수 없습니다. 하지만 마찬가지라니요?"

"……망하고 나면 여기는 실질적으로는 카타쿠라 조직의 것이 된다."

"뭐라구요……?"

나는 무심코 테이블을 붙들고 몸을 앞으로 내밀었다.

"내가 우리 조직과 관련된 회사를 이용해서 통째로 사들일 테니까 말이야."

그 말을 듣자 가게 파산 후 그런 것이 예정되어 있다는 사실이 너무나 믿기지 않아 나의 목소리도, 소파에서 일으킨 내 몸도 방향을 잃고 말았다.

"이름도 간판도 점포 구조도 그대로 둔 채, 밀회와 거래에 사용하도록 할 거야."

"……우, 우리 가게의 간판을 더럽히는 짓은 그만두세요!"

"가게를 처분하고 이미 경영자가 아니게 된 자네가 참견할 수 있을 거라 생각하나?"

그의 유유자적한 목소리를 듣고, 나는 목이 메었다.

그럴 순 없어.

빠득 소리가 날 정도로 어금니를 문 나의 뇌리에 문득 하나의 가능성이 떠올랐다.

"이곳을 계속 '우리 가게'라고 부르고 싶다면 대출 제안을 받아들이게."

"혹시…… 처음부터 그런 의도로?"

"그런 의도라니? 무슨 뜻인가?"

"처음부터 음모였던 거냐고 묻는 겁니다……. 우리 가게를 함정에 빠뜨린 건가요?"

나의 질문에 카타쿠라는 말이 아닌 한숨으로 대답했다.

그러나 그 한숨의 의미가 어느 쪽인지 나는 도무지 알 수 없었다.

말로 대답하려고 하지 않는 카타쿠라 옆에서 오다기리가 '그건 아닙니다'라고 말했다.

"토고 씨, 그것은 지나친 억측입니다. 우리 두목이 이 가게에 처음 왔을 때는 단순한 충동이었습니다."

"어이, 오다기리……."

짜증난 듯 얼굴을 찌푸린 카타쿠라의 목소리와 '정말이에요?' 하고 묻는 나의 목소리가 부딪쳤다.

오다기리는 차분한 얼굴로 '네, 정말이에요' 하며 고개를 끄떡였다.

"원래는 선물을 살 필요가 있어서 적당한 가게가 있었으면 했었죠. 그러다 이 가게에서 네 점을 구입한 거예요. 그런데 거기다 두목은 이 가게가 정말 마음에 들었는지……."

"오다기리, 이제 그만하지."

탐탁지 않은 표정의 카타쿠라가 고압적인 목소리로 제동을 걸었다.

고개를 가로저은 오다기리는 카타쿠라를 향해 돌아섰다.

"두목이 제대로 말씀을 안 하시니까 이런 지경이 되는 거 아니에요? 묘한 데서 폼 잡지 마시고, 처음부터 차근차근 말씀해 주시면 부드럽게 이야기가 풀릴 텐데요."

"……잠자코 있으란 말 못 들었나?"

"제가 주제넘은 짓을 하고 있는 것은 잘 알고 있습니다. 제게 처분을 내리시겠다면 부디 마음대로 하십시오. 두목이 지금 당장 닥치라고 하신다면 그래야겠죠."

그리고는 이내 입술을 꽉 다문다.

오다기리가 하려는 말을 카타쿠라가 제지하는 모양새로 보아, 그 이야기가 카타쿠라에겐 거북한 내용인 듯했다. 하지만 나로서는 그 내용을 듣고 싶었다.

"하지만 두목, 제가 닥치고 있는 대신 두목이 이 가게를 얼마나 많은 사람들에게 소개했는지, 카타쿠라 흥업이 운영하고 있는 가게의 여자들은 물론, 우리 구역에서 일하는 다른 업소 여자들에게까지 추천하하셨던 것을 직접 말씀해 주시겠습니까?"

그 말에 놀란 나의 눈앞에서 카타쿠라는 '어이, 오다기리!' 하며 처음으로 목소리를 높였다.

우리 가게를 소개하고 추천했다고? 카타쿠라 씨가?

나는 멍하니 눈앞의 남자를 바라보았다.

확실히 카타쿠라가 가게에 다녀간 이후부터, 그때까지 본 적 없는 화려한 옷차림의 여성이나 남성 고객들의 통 큰 구매가 여러 번 있기는 했다…….

―정말일까?

유흥업소 종업원으로 보이는 고객에게 팔았던 보석장식 품들이 나의 뇌리에 떠올랐다.

또한 여성 고객보다 기억에 남기 어려운 정장 차림의 남성 고객들이 사간 물건들이 떠올랐고, 그중 어느 것이 지금 한 이야기에 해당하는 걸까 하며 나는 살짝 고개를 갸웃거렸다.

"뭐가 '직접' 이야! 내가 말하기 전에 네가 다 폭로해 버렸잖아?"

카타쿠라는 금방이라도 오다기리에게 덤벼들 기세이다.

반면 오다기리는 연기로는 보이지 않을 만큼 침착해 보였다.

"두목께서 말하려 하지 않으니까요. 분명, 직접 이 가게에 오게 되면 눈에 띌지도 모른다는 이유로, 여자들한테 보석이라도 사주라며 조직원들에게 돈을 줘서 가게에 오게 만든 적도 두세 번 있었잖아요?"

기억하고 계신가요, 하고 오다기리에게 공격을 당한 카타쿠라는 말문이 막혔다.

세우고 있던 상반신을 쿵 하고 소파에 내던진 카타쿠라를 오다기리는 조금 근심 어린 눈으로 바라보았다.

"두목이 만족하신다면 상관없습니다만, 이러한 사태가 되기 전의『야지마 쥬얼리』에 얼마나 많은 돈을 쓴 줄 아십니까?"

"……이제 더는 못 참는다. 닥쳐라 정말, 오다기리."

"네, 닥치고말고요. 제가 토고 씨한테 말하고 싶었던 건 이걸로 전부 말해 버렸으니까요."

"빌어먹을! 다 폭로해 버리다니……."

카타쿠라는 쿵하고 발로 바닥을 구르고 나더니 시선을 외면해 버린다.

"그럼, 토고 씨. 우리 두목은 무심코 본의 아닌 말을 내뱉는 버릇이 있습니다. 이 가게에 와서 한 말 중에는 토고 씨의 자존심을 아프게 하는 말도 있었으리라고 생각합니다. 양해해 주시기 바랍니다."

오다기리는 일부러 소파에서 일어나더니 나에게 머리를 낮추었다.

"토고 씨, 우리 두목은 악의가 있어서 이 가게에 돈을 빌려주겠다는 것이 아닙니다. 현재 돈의 교환을 위한 것으로 두목의 형제분이 그린 그림을 사용하고 있습니다. 그러나 그러한 거래에 이용하고 있는 그림이 빛을 보게 되는 일은 좀처럼 없겠지요."

오다기리는 우리 가게를 이용하려는 이유를 설명하기 시작한 듯했다.

뚱한 얼굴로 소파에 몸을 던진 카타쿠라도 이번에는 오다기리의 말을 가로막지 않았다.

"두목의 형님 되시는 분은 그림 그리는 것 자체를 좋아하는 순진한 분으로, 거래에 이용되는 그림에 대해 그다지 집착하지 않습니다. 그러나 두목은 그것을 아깝다 여겨 형의 그림을 널리 알리고 싶어 하죠."

"……형이라는 분, 그림의 재능은요?"

"조직의 사람들끼리니까 추켜 세워주는 것이라 말할 수 있을지도 모르지만, 두목뿐만 아니라 제 눈에도 화랑에 전시하기에 전혀 손색이 없어 보입니다."

오다기리 옆에서 잔뜩 찌푸린 표정을 한 카타쿠라는 여전히 엉뚱한 방향을 바라보고 있었다.

카타쿠라가 그런 식으로 마음을 써주다니…… 부러운 애기다.

"원래는 장남인 형님께서 두목이 되어야 했지만, 그분은 그림을 그리기 위해 태어난 분이어서 차남인 우쿄 씨가 두목 자리에 오르신 거죠. 두목은 형의 그림이 제대로 평가받을 수 있게 하기 위해서라도 지금의 시스템을 바꾸려고 합니다."

"그래서 우리 가게를 희생시키겠다는 말인가요?"

"그런 건 아니야."

비꼬듯 중얼거리는 나에게 카타쿠라가 힘주어 부정했다.

"마침 잘됐다고 여겼을 뿐이야······ 라고 말한다면 확실히 그렇게 들릴지도 모르겠군. 그래도 희생양이라고는 생각해 본 적도 없어. 간접적으로 피해를 입힌 데 대한 미안한 마음도 있고, 이 가게의 물건들이 마음에 든 것도 사실이야. 무엇보다도, 지금 나는 이 가게보다······ 너를 가지고 싶어."

'뭐, 나를?'

카타쿠라 옆에 앉아 있는 오다기리도 나와 마찬가지로 어리둥절해하고 있었다.

"네가 내 것이 된다면, 무이자로 대출해 주지."

"······두목, 무슨 말을 하고 있는 겁니까? 설마, 토고 씨를 남첩으로 삼을 생각입니까?"

당황해하는 오다기리에게 카타쿠라는 '그래' 하고 대답했다.

"잠깐만요, 두목! 앞으로 결혼해서 형수님을 맞이해야

할 마당에, 독신인 채로 남첩을 들이다니요. 아무리 그래도, 그건 좀……."

아니, 잠깐…… 남첩이라니?

첩이라니…… 시대착오적인 용어이기는 하지만, 즉 애인이라는 말이다.

야쿠자라면 한두 명의 애인을 거느리는 건 보통일지도 모른다.

처음 우리 가게에 왔던 날부터 그를 멋있다고 생각하고 있었지만, 오늘은 지금껏 그에 대한 호의를 제쳐두고 이야기하고 있었다.

그에게 끌리고 있다는 자각은 있었지만 갑자기 그런 말을 듣고 보니…….

"내 것이 되어라, 토고."

갑자기 그가 내 이름을 부르자 가슴이 쿵쿵 뛰었다.

"토고, 네가 '네'라고만 하면 대출은 무이자다. 게다가 밀회 상대와의 거래용이라고는 하지만 물건도 팔 수 있다. 가게의 경영권도 명의도 모두 너의 것이다. 거래 때문에 여기에 오는 사람들 중에 순수하게 상품을 구매하는 경우도 있을 것이다. 그러다 보면 가게에 새로운 고객들도 늘어나겠지. 어떤가, 토고?"

'—교, 교활해.'

어쨌거나 그의 제안은 매력적이다.

특히 나를 '토고' 라고 부르는 그의 목소리가, 그 달콤한 눈빛이 나의 마음을 사로잡았다.

'하지만 나는 남잔데…… 아아 그런가, 그래서 '남첩' 인 건가.'

"두목, 너무 갑작스러워요. 이건 곤란합니다!"

묘하지만 나름 이해가 가는 가운데 오다기리가 비명 같은 고함을 질렀다.

카타쿠라는 앞선 폭로에 대해 보복이라도 하듯이 '무슨 문제 있어?' 하며, 여유로운 미소를 지었다.

"나는 원래 결혼 따위 할 생각도 없고 상속 문제라면 마모루에게 맡기면 돼. 네가 토고에게 설명했듯이, 애초에 원래 순서대로 말하자면 후사를 잇는 것은 마모루니까 말이야."

"늘 아틀리에에서 그림에 몰두하고 계시는 형님이 어떻게 후사를 잇는다는 건가요! 구역의 여자들을 데려다줘도 그저 그림 그리는 모델로 삼을 뿐, 손가락 하나 건드리지 않는 마당에……."

"음, 전에도 말했지만 그 부분은 네 능력을 보여줘야 하는 부분이다. 어떻게 해서든 마모루를 달래고 구슬려서 대를 잇게 해라. 이것은 명령이야, 오다기리. 알겠나?"

오다기리는 끄응 신음 소리를 내며 머리를 감싸 쥐었다.

"토고!"

흐뭇한 미소를 띤 카타쿠라가 내 이름을 부르며 오른손을 내밀었다.

"내 것이 될 것인지 가게를 망가뜨릴 것인지, 선택은 자네의 몫이야. 자네가 내 제안을 거절하고 이 가게가 망하게 되더라도 결국은 우리 조직이 사들이게 될 테니 알아서 결정하게, 토고."

'결정권은 내게 있다.'

선택할 수 있는 기회는 분명 이것이 마지막이리라.

카타쿠라는 나를 재촉하듯 손가락을 튀겼다.

"결정을 내려, 토고."

그래, 각오를 굳히자……. 무이자라고 하잖아. 모든 권리를 놓치고 가게의 이름만 남아서 좋을 대로 이용당하는 것에 비교하면 훨씬 낫잖아.

그렇게 자신에게 변명하는 동안, 내 오른손은 흔들리며 올라가고 있었다.

"어서 나한테로 와."

최면술에라도 걸린 듯 그의 유혹은 거역하기 어려웠다. 그나마 남아 있던 망설임조차 마음 한구석으로 움츠러들었다.

시야 한쪽에 있는 뒷문이 열렸을 때, 나의 오른손은 카타쿠라의 손안에 놓여 있었다.

오다기리가 '아아' 하고 중얼거리는가 싶더니 곧 문 닫히는 소리가 사무실에 울렸다.

"지금 돌아왔습니다. 늦어서 죄송합니다!"

돌아온 소가베의 조금 긴장한 듯한 목소리에 움찔거리는 내 손을 카타쿠라는 더욱 힘껏 쥐었다.

"소가베, 타이밍이 좋은데. 지금 막 협상이 끝났거든."

카타쿠라가 자연스럽게 내 손을 놓았다.

나는 황급히 오른손을 거두어들이며 두근거리는 가슴을 진정시켰다.

"얘기가 통한 건가요. 다행이네요, 두목."

검은색 선글라스를 낀 그의 눈에는 카타쿠라와 내가 악수하고 있는 것처럼 보였던 거겠지?

'축하합니다, 두목' 하며 소가베가 활짝 웃었다.

"······어라? 그런데 왜 오다기리 형님께선 그렇게 시무룩한 표정인가요?"

"오다기리는 신경 쓰지 마. 그건 그렇고 소가베, 뭘 샀어?"

"네. 그러니까, 이 둘이 커피고, 이쪽이 코코아, 이게 홍차······."

종이봉투에서 컵을 꺼내 테이블 위에 늘어놓으며, 소가베는 어느 쪽이 무엇인지를 설명했다.

"그럼 나는 커피로 하지."

그렇게 말하며 손을 뻗은 카타쿠라가 먼저 검은색 컵을

하나 집었다.

"토고 씨도 하나 드시죠."

잠시 헛기침을 하던 오다기리가 표정을 바꾸고는 나에게 권했다.

"고맙습니다만, 전 아무거나 남는 걸로 하죠."

그러나 내가 먼저 골라야 한다고 우기며 오다기리는 고개를 젓는다.

"그럴 수는 없습니다. 토고 씨는 이제 두목의 소중한 사람이니까요."

"오다기리 형님, 소중한 사람이라니…… 도대체 무슨 말이죠?"

고개를 갸웃하는 소가베를 보며 오다기리가 빙그레 웃는다.

"……시끄러워. 조용히 해, 소가베."

오다기리의 차분하면서도 무게가 느껴지는 목소리에 소가베는 입을 다문다.

가장 괜찮은 사람이라고 생각했지만…… 오다기리도 무서운 사람일지도.

나는 살짝 오다기리로부터 시선을 떼고, 여기서 얼마 떨어지지 않은 곳에 있는, 최근 인기 있는 카페의 로고가 박힌 컵으로 눈을 돌렸다.

음료의 종류는 컵의 색깔로 구분되어 있었다. 검은색은

커피, 갈색은 코코아, 빨강은 홍차……. 나는 망설임 없이 또 하나의 검은 컵을 집었다.

상하관계가 작용하는 걸까? 나머지 두 컵 중, 오다기리는 태연히 홍차를 집어 든다.

"실례합니다."

마지막 남은 하나, 코코아 컵을 집어 드는 소가베는 뭐라고 말할 수 없는 미묘한 표정으로 내 손에 들린 검은색 컵을 바라보았다.

혹시 커피가 마시고 싶었던 것일까?

선글라스를 걸치고 있다고 하더라도 떡 벌어진 체격의 소가베와 그가 들고 있는 달콤한 냄새의 코코아는 확실히 어울리지 않는 조합이다.

그의 전신에서 풍기는 사나운 분위기도 지금은 잠잠해져 있다.

'앗…… 혹시 코코아가 나를 위한 것이었을까?'

뒤늦게 깨달은 나는 아직 입을 대지 않은 검은색 컵을 살짝 유리테이블 위에 올려놓았다.

"저기, 저는 꼭 커피가 아니라도 상관없……."

내가 조심스레 말을 꺼내는 순간, 소가베의 입가가 부드럽게 풀어졌다.

"토고 씨, 염려 말고 그냥 드세요."

소가베가 무언가 말하려고 입을 떼려는 순간, 누군가가

그의 입을 닫아버렸다.

"본인이 알아서 네 개를 골라온 것이니, 신경 쓰지 말고 드셔도 됩니다."

오다기리는 내가 테이블에 올려놓은 검은색 컵을 집어 들어 다시 나에게 내밀었다.

"고르는 순서는 소가베도 모르고 있었을 거예요. 토고 씨가 어느 것을 고를지 예측할 수 없는데 설마 자신이 싫은 것을 골라왔을 리가 없죠."

정말 그럴까 생각하면서 나는 오다기리로부터 소가베에게로 시선을 돌렸다.

"오다기리 형님, 그렇게 말할 것까지야……"

"두목은 커피를 좋아하시고 난 홍차파인데, 누가 고를지 알고 있으면서도 나머지를 커피와 코코아로 사온 건 네 탓이지."

"그래도 참 그렇게까지 말씀하실 거야……."

"……오다기리, 소가베에게 화풀이하는 건 그쯤 하지그래."

방관하고 있던 카타쿠라가 입을 열자 오다기리는 곧 '두목, 알겠습니다' 하며 웃음 지었다.

"그게 화풀이라고요?"

영문을 모르는 나의 질문에 오다기리는 테이블에 올려두었던 검은색 컵을 다시 내밀면서 '틀림없이 화풀이입니다'

하며 얼굴을 찡긋했다.

"제가 부하인 이상 두목에게 대들 순 없으니까요. 게다가 마모루 씨로 하여금 후사를 잇도록 만들라는 일이란, 대출 제안에 비하면 수십 배쯤 번거로운 일이죠."

일부러 '게다가'라고 덧붙였다는 것은, 무이자라는 조건 쪽이 소가베 씨에게 화풀이한 것에 있어 더 큰 원인이라는 것일까?

다소 언짢게 느끼면서도 나는 '죄송합니다' 하고 말하며 소가베에게 검은색 컵을 내밀었다.

"토고 씨, 신경 쓰지 마시라 했는데."

"그, 그래도 지금은 역시 커피보다는 달콤한 코코아가 먹고 싶은 기분인 것 같네요."

마실 것은 커피든 코코아든 아무래도 좋다.

게다가 아무것도 모르는 소가베가 나 때문에 화풀이를 당하다니, 좀 미안하잖아?

"죄송합니다, 소가베 씨. 저랑 바꿔주시지 않겠습니까?"

"아, 그래요? 죄송합니다, 그럼 사양하지 않겠습니다."

오다기리의 시선을 신경 쓰면서도, 소가베는 희희낙락 검은색 컵을 받았다. 그리고는 혹 다시 빼앗길지도 모른다고 생각했는지 한쪽 벽으로 물러서더니 서둘러 컵에 입을 댄다.

나는 코끝을 간질이는 달콤한 향기에 이끌려 짙은 갈색

컵을 입술로 옮겼다.

원래 뜨거운 것을 잘 못 마시는 내게는 마시기 딱 좋을
만큼 식어 있었다.

"……토고는 가게 이 층에 사는가 보지?"

갑작스러운 카타쿠라의 질문에 코코아가 목에 걸린다.

나는 가볍게 기침을 하다가 '네' 하며 고개를 끄덕였다.

"내일 밤 열 시에 내가 차를 보내지."

"차, 차는 무엇 때문에……?"

카타쿠라는 다 마신 컵을 탁자 위에 올려놓더니 소파에
서 일어섰다.

"네가 정리하고 나와."

오다기리도 자리에서 일어나더니 소가베를 돌아보며 말
했다.

"아까 전 이야기인데, 너에게 정말 그럴 생각이 있다면
짐을 싸고 기다리고 있어."

그렇게 말하며 카타쿠라는 나를 향해 팔을 뻗었다.

그의 집게손가락이 나의 턱에 와 닿는가 싶더니 이내 눈
앞에 천천히 그림자가 드리워졌다.

그리고 입술이 겹쳐진 순간, 나도 모르게 눈이 감기고 있
었다.

*　　　*　　　*

카타쿠라가 보낸 검은색 벤츠는 빌딩숲 사이를 달려, 번화가에서 그리 멀지 않은 곳에 있는 다실(茶室) 풍의 한 저택 문으로 들어섰다.

나를 마중 나온 것은 오다기리와 소가베.

금요일 밤, 나를 데리러 차를 보내겠다던 카타쿠라의 모습은 차내에는 보이지 않았다.

"토고 씨, 수고했어요. 여기가 카타쿠라 조직의 본거지, 두목의 자택입니다."

조수석의 오다기리가 말하는 것과 동시에 벤츠가 조용히 정차했다.

썬팅된 차창 너머로 남자들이 정렬해 있는 걸 보고 나는 꿀꺽 침을 삼켰다.

'카타쿠라 씨는 나와는 전혀 다른 세계의 사람이야……'

내가 다시 한 번 분명히 그렇게 느꼈을 때, 차 문이 밖에서 열렸다.

'이쪽으로 오시죠' 하며 오다기리가 안내해 주었지만, 나는 뭔가 낯선 광경에 발이 얼어붙어 뒷좌석에서 움직일 수 없었다.

"……토고 씨? 왜 그러시죠?"

차에서 내리지 않는 나를 보고 오다기리가 이상하다는

듯 물었다.

오다기리에게는 낯익은 광경인지도 모르지만, 내게는 청소를 하는 것도 아닌데 두 줄로 늘어선 남자들이 나를 보고 있지 않은데도, 얼굴이 이쪽에 향하지 않았는데도 마치 감시당하고 있는 듯한 느낌이었다.

주차장에서 곧게 뻗은 진입로의 막다른 곳에는 미닫이문이 하나 있고, 거기에 몇 명의 남자를 거느린 정장 차림의 카타쿠라의 모습이 보였다.

그에게 가야 한다는 건 알지만 그래도 다리가 움직이지 않았다.

뒷좌석에 앉은 채 곤혹스러운 표정을 짓고 있는 나를 지켜보던 오다기리가 카타쿠라를 향해 고개를 돌렸다.

"오다기리, 왜 그래?"

카타쿠라는 의아스러운 듯 물으며 내가 있는 쪽을 향해 걸어왔다.

"그게…… 저도 잘 모르겠습니다."

"설마, 억지로 데리고 왔니?"

"아니오, 그렇지 않습니다. 제대로 본인 스스로 타고 왔는데……."

"그럼 뭐야? 죽 늘어서 있는 놈들을 보고 허리라도 삐끗한 거야?"

직접 차에 다가온 카타쿠라는 웃으며 차 안으로 상반신

을 들이밀었다.

순식간에 내 몸은 그의 팔에 안겨서 차 밖으로 끌려 나오고 말았다.

"제가 걸어갈 테니 이제 내려주세요."

이, 이건, 마치 이른바 공주님 안기라고 부르는 자세 같잖아!

허둥거리는 나를 내려다보는 카타쿠라의 입가엔 옅은 미소가 지어져 있었다.

나를 안아 올린 카타쿠라가 걷기 시작하자 쭉 늘어선 남자들이 일제히 '어서 오십시오' 하고 외치며 머리를 숙였다.

그 남자들 사이를 카타쿠라는 유유히 걸어갔다.

그의 뒤를 오다기리와 소가베가 따랐다.

카타쿠라는 현관 입구에 들어서서야 비로소 나를 내려주었다.

"……짐은? 그것뿐이야?"

소가베의 손에 들려 있는 나의 짐을 보고 카타쿠라가 눈살을 찌푸렸다.

"이것뿐입니다. 매일 가게에 출근하니까 어차피 두고 온 물건이 있더라도 다음에 갖고 오면 됩니다."

'하긴 그렇군' 하고 중얼거리며 카타쿠라는 나로부터 시선을 돌려, 현관에서 맞아준 남자들 중 한 사람에게 손짓했다.

그의 시선이 나를 벗어나자마자, 나는 여러 사람의 눈에 노출되고 있다는 것을 깨닫고 조심스레 남자들을 둘러보았다.

'앗…… 뒤에 있는 사람들도?'

대부분의 사람들이 궁금한 듯, 혹은 신기한 듯 나를 바라보고 있었다.

"죄송합니다, 토고 씨. 대부분 '중요한 분이 방문한다'는 정도로밖에 듣지 못해서. 그런데 막상 보니 성실한 청년 정도로밖에 안 보이니까 호기심을 느끼는 거겠죠."

오다기리의 쓴웃음 속에도 암시되어 있듯이, 이미 상황을 알고 있는 사람도 있다는 얘기다.

내가 남첩이 되어 이곳에 왔다는 걸 몇 명이나 알고 있을까?

호기심 어린 눈으로 바라보는 사람들은 그 이유를 알고 있을지도 모른다. 나는 불편한 심정으로 카타쿠라의 안내에 따라 복도를 걷기 시작했다.

*　　　*　　　*

안내된 방은 다실 풍의 건물 외관처럼 공들여 장식하지 않은, 단순하고 세련된 디자인이었다.

작은 침대와 침대 사이에 놓인 탁자마다 빨간 동백꽃 봉오리가 향을 뿜어내고 있다. 절반이 닫힌 장지문의 저편으로는 잘 손질된 마당이 있고, 길게 만들어진 처마의 차양이 밤하늘에 뜬 초승달을 반쯤 가리고 있었다.

나를 방으로 데려온 타카쿠라는 '이리 와, 타키타(瀧田)' 하며 운동선수 같은 한 젊은 남자를 방으로 불러들이고, 소가베한테는 복도에서 기다리라고 한 후 문을 닫았다.

"토고, 각오는 되어 있지?"

그 말은 카타쿠라의 소유가 될 각오를 묻는 것일 테지.

나는 낯선 남자의 존재를 신경 쓰면서도 조심스럽게 고개를 끄떡였다.

"그럼 우선 몸수색부터 하지."

"네? 저, 몸수색이라니…… 그런 것까지 해야 합니까?"

"네가 위험물을 가져왔을 거라고는 생각하지 않지만, 조직에 들어오는 남자는 모두 처음에 수색하는 것이 규칙이다. 너만 예외일 수는 없으니까"

그렇게 말하면서 카타쿠라는 절반쯤 열려 있던 장지문을 힘껏 닫았다.

"오다기리, 너도 이리 와서 거들어라. 타키타, 토고의 가방을 열어 내용을 확인해."

오늘 처음 본 젊은 남자가 '실례합니다' 하고 말하며 나의 소지품을 하나씩 점검하기 시작했다.

마찬가지로 '실례합니다' 하고 양해를 구한 후, 오다기리가 가볍게 옷 위를 두드리듯 나의 전신을 점검했다.

　　"토고, 열쇠는 몇 개나 가지고 있어?"

　　카타쿠라의 갑작스러운 질문에, 나는 '열쇠 말인가요?' 라고 되물었다.

　　"가게 문 열쇠와 경비 시스템과 뒷문 겸용, 그리고 이층집 현관 열쇠. 이렇게 세 개가 있고요, 그리고 금고 열쇠가 있습니다만……."

　　"집에서 직접 가게로 들어갈 순 없는 모양이군?"

　　무슨 의도일까 하고 생각하면서 나는 '네' 하며 고개를 끄떡였다.

　　"그럼 집의 현관 열쇠만 빌려줘."

　　"열쇠로 뭐하시게요?"

　　열쇠 케이스를 바지주머니에서 꺼낸 나는 의아해하면서 카타쿠라에게 물었다. 집 열쇠를 건네는 나에게 그는 '여벌 열쇠를 만들 거야' 하고 답했다.

　　"네가 만약 여기서 뛰쳐나간다면 행선지는 자택일 테니까……."

　　"만약 제가 뛰쳐나간다면 억지로라도 다시 데려올 생각인 겁니까?"

　　"그래, 그런 거야."

　　이렇게 말하는 동안 확인이 끝났는지 두 사람 모두 '이상 없습니다'라고 카타쿠라에게 보고했다.

"……타키타, 너는 복도에 나가 있어."

카타쿠라에게서 명을 받은 타키타가 순순히 방을 나갔다.

이제 세 명이 남은 방 안, 어색하게 서 있는 내 앞에 카타쿠라는 책상 다리를 하고 앉았다.

"검사는 다 끝났나요?"

"아니, 아직이다. 토고, 옷을 벗어라."

"네? 옷을요?"

외투를 말하는 건가 하면서 나는 입고 온 코트를 벗었다.

"저, 그다음엔 어떻게 해야 하나요?"

오다기리가 손을 내밀어 코트를 받아 들자, 나는 카타쿠라에게 물었다.

"전부다, 토고."

"저, 전부라면……?"

어리둥절한 나에게 카타쿠라는 거절을 허용하지 않는 목소리로 '전부. 속옷도 벗어' 하고 명령했다.

"다 벗고 다리를 어깨 넓이로 벌려. 양손은 머리 뒤로 올리고."

믿을 수 없어……. 왜 그렇게까지 해야만 하지?

나는 카타쿠라로부터 오다기리에게 시선을 옮겼으나, 그의 차가운 눈빛을 보고는 꿀꺽 침을 삼켰다.

"……왜 그래? 벗기 싫은 건가? 벗지 못할 사정이라도 있는 거야?"

"저, 그런 건 아닙니다만……."

"그럼 뭐야, 그 나이에. 엉덩이에 몽고반점이라도 남아 있는가?"

놀림 섞인 그 말에 전신의 피가 발끈했다.

"아닙니다!"

"그렇다면 얼른 벗어."

'얼른이라고? 그래, 까짓것…….'

갑자기 알몸이 된다는 건 부끄러운 일이다.

하지만 여기까지 온 이상 그의 말에 따르지 않을 수도 없었다.

'그냥 목욕탕에라도 왔다고 생각하고…….'

터틀넥 스웨터의 옷자락에 손가락을 걸어 벗어 던지고, 스웨터 속에 입은 긴 소매 티셔츠와 양말, 그리고 벨트를 푸는 것까지는 순조로웠다. 하지만 청바지의 단추를 풀려고 하자 손가락이 떨리면서 힘을 쓸 수가 없다.

"어라? 이상하네……."

아차, 이 청바지는 단추가 빽빽했었다.

가뜩이나 빼기 어려운 단추에 손가락까지 떨리고 있으니까 더욱더 빡빡하게 느껴졌다.

"토고, 손 치워. 내가 해줄게."

"제, 제가 벗겠습니다."

단추를 방어하려는 나의 오른손을 오다기리가 낚아채어 꺾었다.

"아, 아팟……."

나는 어깨와 팔에 가벼운 통증을 느끼고 순간 얼굴을 찌푸렸다.

"토고 씨가 가만히 있으면 아프지 않을 겁니다."

오다기리가 말하는 대로 움직이지 않으니 통증은 곧 사라졌다.

부자연스럽게 오른쪽 어깨를 잡힌 채 앞으로 몸을 굽힌 모습의 내 발밑에 정장 차림의 카타쿠라가 무릎을 꿇었다.

"확실히 좀 뻑뻑하긴 하군."

그렇게 혼잣말처럼 중얼거리긴 했지만, 좀처럼 안 풀리던 단추는 그의 손에 의해 곧 풀려 버렸다.

"두목, 토고 씨의 팔을 놓아줘도 괜찮을까요?"

"아니, 아직이다. 바로 할 거니까."

뭘 바로 한다는 건지 생각할 겨를도 없이 그의 손가락이 지퍼의 쇠 장식을 집었다.

"아, 잠깐만……."

"긴장한 손으로 내리리다가 지퍼에 끼이기라도 하면 위험하니까 말이야."

이렇게 말을 주고받는 사이, 그는 신중한 손놀림으로 지퍼를 내렸다.

"저, 나머지는 제가."

"그래? 그럼 직접 벗어."

카타쿠라의 그 말에 붙잡혀 있던 나의 팔도 해방되었다.

하지만 카타쿠라는 무릎을 꿇고 있던 다리를 책상 다리로 바꿨을 뿐, 그의 얼굴은 여전히 나의 사타구니 바로 앞에 머물고 있었다.

—곤란해, 이래서야 벗기 힘들잖아.

늠름한 생김새의 카타쿠라는 똑바로 앞을 응시하고 있다.

그의 눈이 또렷하게 사타구니를 바라보고 있다⋯⋯. 그렇게 생각하는 것만으로도 나는 이상하게 두근거렸다.

하지만 두 손은 여전히 청바지의 허리 부분에 걸친 채로 주저하고 있었다.

'카타쿠라 씨⋯⋯ 얼른 벗으라고 다시 한 번만 재촉해준다면 좋을 텐데⋯⋯.'

그렇게 해준다면 주저함을 버릴 수 있을 것 같았다.

나는 헛된 기대를 안고 카타쿠라를 내려다봤다.

아까처럼 재촉해 준다면⋯⋯. 그렇게 생각하면서 그를 바라보는 내 시선의 끝에서 카타쿠라가 갑자기 두 팔을 들어 올렸다.

무엇을 하려는 것인지 예측도 할 수 없는 가운데, 그는

두 손으로 내 청바지 무릎 즈음을 잡은 채 갑자기 확 끌어 내렸다.

"앗?! 저, 잠깐만, 무슨……?"

힘차게 청바지를 벗어나는 순간 뒤늦게 부끄러움이 끓어 올랐다.

당황한 나의 왼발은 무의식적으로 후퇴하려고 했다.

하지만 발목 부분에 엉킨 청바지가 물러서려던 것을 막아 몸의 균형을 잃었다.

"아앗?!"

소리치면서 내 손은 마치 뭔가를 찾는 듯 허공을 방황하다가, 흠칫 놀란 얼굴로 팔을 뻗어 준 오다기리에게 반사적으로 안겼다.

"……오다기리, 토고에게서 떨어져."

불쾌한 듯한 목소리가 날아온 방향으로 시선을 돌려보니, 거기엔 카타쿠라가 꽤나 뚱한 표정을 하고 있었다.

"두목, 이건 불가항력이었어요. 고의가 아니었다구요!"

"그건 알고 있다. 어쨌든 떨어져."

명령에 지체 없이 복종하며 오다기리는 나를 받치고 있던 손을 치웠다.

하지만 왠지 카타쿠라는 아직도 조금 화가 나 있는 듯했다.

'어쩌면 내가 도망치려고 한 것처럼 보였을까?'

그냥 순간 뒤로 물러서려고 했을 뿐 도망칠 생각은 없었는데…….

오해가 있었다면 풀어야겠다는 생각에, 나도 서둘러 오다기리에게서 팔을 뗐다. 아직도 카타쿠라는 뚱한 얼굴로 정면을 바라보고 있었다.

그의 시선의 끝에는 나의 속옷이 있다……. 몸에 딱 붙는 로우라이즈 복서 브리프다.

'그건 그렇고, 새 것을 입고 와서 다행…….'

이런 식의 몸수색이 있을 거라곤 생각지는 못했으나, 가게를 닫고 나서 기분을 풀기 위해 샤워를 한 뒤 새로운 속옷을 입고 왔던 것이다.

하늘색 복서 브리프는 브랜드로고가 그려진 고무벨트 부분이 검은색이며 정면에 트임이 없는 타입으로, 세로로 난 두 개의 검은 라인이 나의 소중한 물건이 담겨 있는 곳을 사이에 두고 나란히 달리고 있다.

'카타쿠라 씨의 눈이 그 라인의 안쪽에 집중하고 있다는 생각이…….'

아니면 착각일까…… 의아해하는 내 시야에 다시 카타쿠라의 오른팔이 움직이는 것이 보인다.

청바지처럼 속옷도 잡아 내리는 건가 하는 생각으로 두근거리는 순간, 그의 손가락이 검은 라인을 더듬기 시작했다.

"아……?!"

반사적으로 소리가 새어 나와 나는 순간 내 손으로 입을 막았다.

─뭐, 뭐야, 방금 그 목소리?

그건 여느 때의 내 목소리가 아니었다.

놀랄 정도로 달아올라 있었다.

놀란 것은 카타쿠라도 마찬가지였는지 도망치듯이 손을 빼내고는 헛기침을 하고 있었다.

"……오다기리."

"알겠습니다. 저도 복도로 나가 있으라는 말씀이시죠?"

어깨를 움츠린 오다기리가 일부러 실망했다는 표정을 하고는, 대답을 기다리지도 않고 등을 돌렸다. 오다기리가 뒤를 돌아보자마자 순식간에 카타쿠라의 손이 다시 다가왔다.

─마, 만지고 있어.

마음속으로 대비를 하고 있던 나의 속옷에 카타쿠라의 집게손가락이 와 닿았다.

손가락은 왕복을 반복하면서 천천히 그곳을 자극했다.

각오는 하고 있었지만…… 흥분된 나의 입에서 신음이 새어 나오려 했다.

황급히 삼켜 버린 그 소리는 '응' 하는 어리광을 부리는 듯한 콧소리였다.

'모, 몸이 오싹오싹해!'

허리, 특히 사타구니 쪽이 당장에라도 달아오를 것 같았다.

"정말이지, 그래서 몸수색 때는 두 분만 계시라고 어젯밤부터 두목한테 몇 번이나 말씀드렸는데⋯⋯."

중얼중얼 불평을 하면서 오다기리는 문을 닫았다.

두 사람만이 남게 되자마자, 손가락이 주는 엷은 자극을 견디다 못해 나의 입술에서 신음 소리가 새어 나왔다.

"아, 아앗⋯⋯!"

"토고, 여자의 경험은?"

가, 갑자기 뭘 묻는 거야⋯⋯!

이십칠 년간 살아오면서 그런 경험은 한 번도 없었다. 그러나 솔직히 대답하는 것은 굴욕적이라 열등감에 입술이 떨렸다.

"그, 그런 질문에 꼭 대답을⋯⋯."

대답해야만 하느냐고 말하려는 찰나, 카타쿠라의 손은 내 속옷을 가차 없이 바닥으로 단숨에 끌어내렸다.

"아앗⋯⋯!"

서서히 반응을 보이고 있던 사타구니가 완전히 드러나자 나는 순간적으로 허리를 굽혔다.

하지만 내가 손으로 그곳을 가리는 것보다 카타쿠라의 손이 빨랐다.

"다시 한 번 묻겠다. 너의 여기는 여자의 맛을 알고 있는 가?"

그 은밀한 질문에 얼굴이 뜨겁게 달아올랐다.

"……윗! 어느 쪽이든 그게 카타쿠라 씨와 무슨 상관인 가요?"

"대답하기 어려워하는 걸 보니, 경험이 없구나?"

약점을 찔린 나는 입술을 지그시 깨물었다.

"없는 건가. ……그런가, 알았다."

나를 올려다보던 카타쿠라 입가에 미소가 떠오른다.

"함부로 단정 짓지 마세요!"

경험이 없다는 이유로 무시당하고 있다는 생각에 나는 무심코 이렇게 쏘아붙였다.

"경험이 없다면 어느 정도로 수위 조절을 해야 하나 생 각했을 뿐이다. 있다면야 문제없겠군. 그렇게 말하는 걸 보 니 경험이 있나 보지, 토고?"

솔직하게 없다고 말하는 것이 좋을까?

대답을 주저하는 나를 카타쿠라가 짓궂게 바라보고 있었 다.

그의 시선에 마음까지 붙잡힐 것 같아, 나는 슥 시선을 피했다.

"뭐, 좋아. 대답해도 대답하지 않아도 결과는 마찬가지 니까."

"……결과라니, 뭐가요?"

"지금부터 너를 내 것으로 만든다."

카타쿠라의 선언에 내 몸이 움찔거리며 떨었다.

카타쿠라는 손가락으로 토닥거리던 것을 가볍게 움켜쥔 채 손을 위아래로 움직이기 시작했다.

천천히 훑어가고 있는 카타쿠라로부터 시선을 외면해도, 나의 시야 안에는 여전히 그의 모습이 있었다.

살짝 치켜든 그의 혀가 나의 선단을 향해 다가간다.

나는 황급히 허리를 뒤로 뺐지만 나의 엉덩이를 움켜쥔 카타쿠라의 왼손은 이를 허용하지 않았다.

"저, 잠깐, 잠깐만요, 카타쿠라 씨!"

카타쿠라의 왼손은 놀란 나의 허리를 그의 앞으로 당긴다.

마치 단단히 노리고 있었다는 듯, 그의 혀가 나의 선단에 할짝 하고 닿았다.

"앗! 잠깐, 잠깐만요, 아…….

젖은 혀가 선단을 가볍게 문질렀다.

오싹오싹하는 떨림을 못 이겨 나는 몸을 뒤로 젖히고 말았다.

"……응, 후우, 웃."

입술을 꼭 닫아도, 달아오른 신음 소리는 코에서 새어 나왔다.

혀가 선단의 윤곽을 따라 이리저리 달리자, 곧 꿀이 배어 나오기 시작했다.

처음 느껴보는 감각에 양쪽 다리는 힘이 빠지다 못해, 결국 나는 무릎을 꿇고 말았다.

카타쿠라는 엉덩이를 붙잡고 있던 왼손만으로 몸을 지탱한 채 나를 삼켰다.

"이렇게 하는 것도 처음인가?"

질문을 던지는 그의 혀가 선단의 곡선을 미묘한 느낌으로 자극했다.

숨을 헐떡이는 내가 대답을 채 하기도 전에, 이번엔 그의 입술이 선단을 빨아 당겼다.

"아, 앗…… 야앗……."

갑자기 강약을 주어 압박을 당하자 나의 뿌리로 힘이 쏠렸다.

카타쿠라는 나를 입안에 머금은 채, 배어나오는 꿀을 혀 끝으로 부드럽게 음미했다.

"아앗, 카타쿠라 씨!"

참다못해 소리를 지르는 나로부터 카타쿠라가 입을 떼어 냈다.

후우 하고 숨을 고르던 그는 '우쿄라고 불러' 하고 말하며 이내 나의 전부를 집어삼키더니, 따뜻하고 부드러운 점막으로 나의 뿌리까지 감싼 채 자극했다.

"후으으으앗······!"

지금까지 느껴보지 못했던 자극으로 내 몸은 움찔움찔 튀어 오르기 시작했다.

카타쿠라는 더 이상 서 있기조차 힘든 나를 다다미 위에 앉혔다.

잠시 내게서 손을 뗀 카타쿠라는 자신의 재킷을 벗어, 헉 헉 숨을 헐떡이고 있는 나의 어깨 위에 그것을 살짝 걸쳐 놓았다.

"에······. 저기······ 카타쿠라 씨?"

"카타쿠라가 아니라 우쿄다."

불러 봐, 하고 재촉하듯 카타쿠라가 나의 입술을 손가락 으로 쓰다듬었다.

"우, 우쿄······ 씨?"

그의 손에 닿은 건 입술인데도 허리에 오싹함이 느껴지 면서 나의 목소리가 희미하게 떨렸다. 카타쿠라는 괜찮겠 지, 하고 끄덕이며 벌떡 고개를 쳐들고 있는 나의 그것을 손으로 감싸 쥐었다.

"아앗, 카타쿠라 씨!"

나는 금세 다시 예전의 호칭으로 돌아가고 말았다. 카타 쿠라는 나를 꾸짖듯이 미간을 찌푸렸지만, 곧 그의 손은 나 의 그것을 리드미컬하게 훑기 시작했다.

"토고, 우쿄라고 불러."

─카타쿠라 씨가 아니라, 우쿄 씨.

많은 남자들을 거느리고, 두목으로 불리는 남자한테서 격의 없는 호칭을 강요당하다니…….

그의 명령은 내 가슴에 달콤하게 울렸다.

"……어이, 오다기리. 이불을 가져와."

복도를 향해 소리치는 우쿄를 나는 놀라 바라보았다.

뭐?! 오다기리가 아직 복도에?

게다가 이런 짓을 하고 있는 도중에 오다기리를 부르다니……!

"실례하겠습니다."

믿을 수 없다는 듯 바라보는 나의 귀에 그의 목소리가 들린다.

우쿄 씨의 부름을 받은 오다기리는 방에 들어오자마자 벽장으로 향했다.

오다기리가 방에 들어온 후에도 나를 자극하는 그의 손은 멈추지 않았다.

"우, 우쿄 씨! 제발 손을……"

나는 간청하듯 그의 어깨에 매달렸다.

걸친 재킷으로 몸은 가리고 있지만, 계속되는 자극으로 나는 안절부절못했다.

"훗…… 아, 우쿄 씨!"

고조된 내 목소리가 요에 시트를 깔고 있는 오다기리에

게도 들렸으리라.

　내가 무슨 일을 당하고 있는지, 그리고 어떻게 되어가고 있는지.

　계속 복도에 있었던 듯한 오다기리이지만 보이지 않아도 그는 분명 알고 있을 것이다.

　내가 긴장하면서도 쾌락에 몸을 떨고 있는 가운데, 갑자기 나의 오른쪽 가슴에 우쿄의 손이 올라왔다. 유두를 살짝 꼬집는 듯한 자극……. 난 나도 모르게 그의 어깨에 매달리고 말았다.

　"으앗! 아 음! 응 으윽, 으응……."

　견디다 못해 우쿄의 어깨에 입을 갖다 대고 터져 나오는 신음을 막아보았다.

　'아…… 안 돼, 오다기리도 있는데, 신음이……!'

　재킷에 가려져 있다고는 하지만, 누구에게도 보여준 적이 없는 부끄러운 모습을 우쿄뿐 아니라 오다기리에게도 내보이고 있었다.

　두 사람만 있는 것이 아니라는 것을 알면서도 오른손으로는 부풀어 오른 그것을, 그리고 왼손으로는 젖꼭지를 애무받다 보니 당장에라도 사정해 버릴 것 같았다.

　"…웃, 으웃, 응훗……."

　처음엔 축축했던 것이, 이제 우쿄의 손안에서 아예 미끈거리고 있다.

우쿄를 부여잡고 있는 내 모습이 오다기리에게는 어떻게 보일까.

'오다기리 씨가 있는 동안 다다미 위에 실수라도 해버린 다면…….'

그가 펄떡거리는 나의 그것을 가차 없이 쓰다듬고 젖꼭지를 손가락으로 짓누르는 동안, 내 몸에는 전율이 퍼져 나갔다.

위기감에 시달리기 시작한 나의 눈앞에는 베개 두 개가 나란히 놓여 있었다.

이불에 등을 돌린 채 우쿄가 나의 허리를 왼손으로 움켜잡았다.

"토고, 무릎을 펴고 내 목을 안아."

그의 명령을 받고 허리를 세우자, 그의 어깨에 기대고 있던 나의 입이 벌어졌다.

순간 '앗' 하는 경박한 신음 소리가 새어 나와, 나는 서둘러 그의 명령에 따랐다.

"오다기리, 준비는 되었나?"

그리고는 돌아보지도 않은 채 목소리만으로 상황을 확인한 우쿄는 나의 선단을 자극하듯 손가락으로 만지작거렸다.

준비가 다 되었다고 대답하는 소리가 들리고, 아까까지와는 달리 이제는 절반이 아니라 나의 얼굴 전체가 오다기리에게 보이고 있음을 깨달았다.

쾌락에 빠져 있는 나의 시야에 오다기리의 모습이 들어온다.

공교롭게도 눈이 마주친 순간 오다기리의 얼굴에 쓴웃음이 떠오른다.

"아, 오다기리 씨! 제발 보지, 보지 말아주세요……. 아웃, 응, 아우웃……."

"실례하겠습니다, 토고 씨. 두목의 명령을 거스를 수는 없으니…… 죄송합니다."

그렇게 말하는 오다기리를 '기다려' 하고 붙들어놓은 채, 우쿄는 나의 민감한 선단을 계속 자극했다.

"오다기리, 이불을 더 이쪽으로 옮겨. 토고가 이대로 뒤로 넘어져도 괜찮을 정도로 말이야. 그리고 내가 부탁한 그것 좀……."

'─아앗, 싫어. 가버릴 것 같아!'

부들부들 몸이 떨리는 가운데, 나는 오다기리에게 뭔가 명령하고 있는 우쿄의 목에 필사적으로 매달렸다.

"우, 우쿄 씨……! 아, 안 돼!"

사정의 순간을 오다기리에게까지 보이는 것은 싫다.

"사정해, 내 손에……."

필사적으로 호소하는 나의 발기된 것으로부터 우쿄의 손가락이 갑자기 떠났다.

부끄러워할 겨를도 없이 나는 발기한 채 휴우 숨을 내쉬었다.

그곳을 자극하던 그의 오른손이 이번엔 내 무릎을 들어올렸다.

한쪽 다리를 세운 우쿄는 나의 왼발을 그의 다리에 걸쳐놓았다.

열린 가랑이 사이를 우쿄의 미끌거리는 손가락이 누비더니, 가장 구석진 곳을 찾아 지그시 눌렀다. 두 눈을 감은 나의 발기된 그것에 그의 왼손이 감겼다.

그는 왼손으로는 나에게 사정을 재촉하면서, 오므라든 구멍을 손가락으로 꾹꾹 눌러댔다.

"우쿄 씨, 거기는……. 아앗, 손가락이 들어…… 아, 안 돼!"

"오일을 발랐으니까 그리 아프진 않을 거야, 토고. 아, 그래, 오다기리, 나흘 후의 식사자리에는 토고도 동석할 거야."

"알겠습니다, 두목. 토고 씨의 좌석도 준비해 두겠습니다."

'부탁해, 오다기리'라고 말하면서, 우쿄가 손가락을 강하게 밀어붙였다.

손가락이 안으로 밀어닥치는 순간, 나는 눈앞이 하얘지는 걸 느꼈다.

"아, 아앗. 손가락이…… 안 돼!"

울컥울컥 솟아나오는 무언가가 우쿄의 왼손을 적셔 갔다.

엉덩이의 오므라든 안쪽이 더욱 수축하면서 그 안에 딱딱하게 박혀 있는 것이 더욱 뚜렷하게 느껴졌다.

'아앗, 그…… 그건, 안 돼…….'

엉덩이에 손가락을 넣은 채 사정하라니.

게다가 아직 오다기리가 있는데……. 조마조마해하며 눈을 뜬 나는 닫히기 직전의 문을 바라봤다.

결국 사정의 순간을 오다기리에게도 보이고 말았다.

다시 한 번 충격을 받은 나의 그것으로부터 마지막 몇 방울이 힘없이 떨어졌다.

"생각했던 것보다 빠른데."

정액으로 흥건한 나의 그것을 손으로 움켜쥔 채 우쿄가 살며시 웃었다.

"게다가 이렇게 잔뜩 모아두고 있으리라고는 생각하지 못했어, 토고"

그가 귓가에 그렇게 속삭이자 나는 수치심에 몸이 후끈거렸다.

"마지막으로 자위를 한 게 언제야?"

우쿄는 그렇게 물으면서 천천히 양쪽 손가락을 움직이기 시작했다.

막 사정하고 나서 시들해진 지 얼마 안 된 것이 파르르 떨리더니 다시 뜨거워졌다.

"아, 아얏⋯⋯!"

엉덩이에 박힌 그의 손가락이 안으로 밀고 들어가 움찔 움찔 움직였다.

나도 모르게 도망가듯 허리를 뒤로 뺀 순간, 안을 강하게 할퀴어졌다.

"으아앗?!"

나는 몸을 뒤로 젖힌 채 그대로 쓰러져 버렸다.

"과연⋯⋯ 여기가 너의 성감대인가 보군?"

바로 내 뒤에 끌어다놓은 이불더미가 쓰러지는 나를 받쳐 주었다.

드러누운 내 몸 한가운데서 여전히 같은 곳을 그의 손가락이 농락하고 있다.

"앗, 응!⋯⋯ 아, 아, 그만⋯⋯!"

"그만하고 싶다면 솔직히 대답해 봐, 토고. 여자와 육체관계를 가진 적은?"

그는 이렇게 물으면서 할퀴듯이 힘을 더한다.

그의 손이 나의 은밀한 내부를 농락하는 가운데, 나의 그것은 아플 정도로 딱딱해졌고 허리는 떨리는 듯 들썩거렸다.

"⋯⋯아, 어, 없어요⋯⋯. 한 번도 없었어요⋯⋯."

남자로서 한심한 고백이 내 입에서 흘러나왔다.

순식간에 기세를 되찾은 나의 그것에서는 다시 꿀이 배어 나오고 있었다.

"역시, 동정이었군. 그럼 지금까지 다른 남자로부터 그것을 애무 받아본 적은?"

"아, 그만…… 그런, 그런 적도…… 없어요!"

"그럼 키스의 경험은 어때, 토고?"

"아, 그…… 그건……!"

얼버무리는 내 몸 안에서 그의 손가락의 움직임은 더 격해진다.

"아! 안 돼…… 손가락, 제발……!"

너무나 강한 자극에 나는 부끄러움도 체면도 내던진 채 외쳤다.

건드리지도 않고 있는데도 나의 그것은 터질 듯이 발기되어 있었다.

"키스 정도는 한 적이 있겠지?"

"말, 말씀드린 대로…… 없어요, 키스도 그때가…… 처음……."

"그때라니? 가게 사무실에서 나와 했던 때 말인가?"

질문하는 목소리에는 의구심이 섞여 있었다. 나는 안에서 일어나고 있는 격한 자극에 몸을 떨며 고개를 끄덕였다.

"그때까지 키스조차 한 적이 없단 건가……."

"……정, 정말이에요, 없었어요!"

화상을 입을 정도로 뜨거워진 그것에서 끈적끈적하게 꿀이 흘러나온다.

쉴 새 없이 새어 나오는 꿀은 엉덩이로 흘러내려 그의 손가락이 움직일 때마다 끈적끈적한 소리를 내고 있었다.

"아, 앗…… 싫엇, 이상해, 져엇……. 흐읏! 용서… 용서해 주…… 우쿄 씨, 이, 이제……."

신음 섞인 소리로 간청하면서 나는 두 손으로 이불을 움켜쥐고, 몸을 펴 발돋움했다.

뒤따라올 거라 생각했던 그의 손가락이 스륵 하고 몸에서 빠져나간다.

숨을 헐떡이면서도 나는 가슴을 쓸어내렸다.

하지만 내 눈앞에서 우쿄가 벨트의 버클을 푸는 순간, 막 느꼈던 안도감은 긴장감으로 바뀌었다.

무릎을 꿇은 그는 벗은 옷가지들을 한쪽으로 치웠다.

드러난 그의 그것이 내 시야에 들어오자, 나는 그 크기에 숨이 막히고 말았다.

우쿄가 양팔로 나의 무릎을 들어 올렸다.

"토고, 될 수 있는 한 몸의 힘을 빼야 해."

우쿄는 이렇게 명령하면서 나의 오므라든 입구에 암녹색의 작은 병을 기울였다.

"아, 그게…… 뭐죠……?"

"안심해, 이상한 약은 아니야. 단지 널 덜 아프게 하기 위한 오일이다."

나의 부끄러운 구멍을 흠뻑 적신 오일이 밖으로 주르륵 흘러나온다.

이불에서 하반신을 드러난 채 초조해하는 나의 엉덩이를 무언가 뜨거운 것이 압박해 왔다. 터질 듯한 그의 말뚝이 미끈거리는 감촉과 함께 나의 입구로 밀어닥쳤다.

"잠깐!…… 우쿄 씨…… 제발! 아파!"

그의 사정없는 삽입에 나는 시트를 움켜잡았다.

찢어질 듯한 아픔에 눈물이 흘러내리고 두 발이 허공을 휘저었다.

"아파, 아파요…… 우쿄 씨, 그만……!"

내 안을 우쿄의 것이 가득 채웠다!

오일의 도움을 빌린 우쿄의 그것이 내 안을 침식한다.

좀 전까지 느꼈던 쾌감은 이제 고통에 의해 모두 달아나 버렸다.

"안 돼. 아직 반도 안 들어갔어."

"우쿄 씨, 제발 좀……. 빼 주세…… 죄, 죄송해요. 더 이상은……."

상반신을 몸부림치고 목을 떨면서 나는 간청을 되풀이했다. 하지만 우쿄는 아랑곳 하지 않고 돌진해 왔다.

굵은 말뚝에 박힌 듯한 둔한 통증과 몸이 갈라지는 듯한 아픔에 나는 온몸으로 비명을 질렀다.

"아, 아파, 빼주세요…… 저…… 아, 아파…… 아악!"

"……토고, 괜찮아."

나는 허리를 들썩이고 두 발을 내지르며 말했다.

"부탁입니다. 그만, 이건 무리예요……."

"진정해, 토고. 그렇지 않아."

'전혀 괜찮지 않아!'

그렇게 마음속으로 외치던 나는, 다시 한 번 괜찮다고 말하며 끝없이 돌진해 올 것 같던 뜨거운 말뚝이 움직임을 멈춘 것을 깨달았다.

하지만 맥박치고 있는 그의 압박에 의해 벌어질 대로 벌어져 있는 곳은 여전히 비명을 지르고 있었다.

"우쿄 씨…… 더, 더 이상은…… 안 들어가……."

"이미 전부 들어갔다."

"뭐…… 전, 전부라구요?"

들어갔다고? 그것도 전부?

"전부라고?"

짧은 숨을 헐떡이면서 나는 물었다.

우쿄는 고개를 끄덕이면서 나의 무릎에서 손을 뗐다.

그가 내 손을 잡아 서로의 몸이 결합되어 있는 부분으로 유도했다. 그렇게 팔을 뻗는 바람에 신체의 각도가 미묘하게 바뀌었다.

평소라면 느낄 수조차 없었을 각도 변화가 우쿄에게 길들여지고 곳에 울려서, 나는 가볍게 숨을 고르며 미간을 찌푸렸다.

"바로 여기야. 알겠어?"

이끌려간 나의 손가락이 우쿄의 언더헤어를 문지르고 있었다.

나는 순간 손을 다시 가져오려 했지만, 그는 그것을 허락하지 않았다.

우쿄의 말뚝과 그의 침입으로 확대된 나의 봉오리에 내 손이 닿았다.

"아…… 드, 들어갔어……."

나의 봉오리는 더 이상 늘어날 수 없을 정도로 늘어나, 툭 건드리기만 해도 아플 정도로 우쿄의 물건을 완전히 삼키고 있었다.

"아아, 이걸로 전부 들어갔다. 네 몸은 틀림없이 내 것이 되었다."

"우쿄 씨의 것……?"

그는 멍하니 중얼거리는 나의 손을 입가로 가져가더니 손등에 자신의 입술을 포갠다.

"그래, 이젠 나의 것이야."

우쿄의 입가에 미소가 떠올랐다.

흡족한 듯 내 손등 위에 한숨을 내쉰 우쿄는 내 안에 묻어둔 뜨거운 덩어리를 살짝 빼냈다.

"······으윽!"

그 뜨거운 덩어리가 빠져나온 순간, 나는 미간을 찌푸리며 작은 신음 소리를 내었다. 우쿄가 움직임을 멈춘 사이 조금은 그 크기에 익숙해진 덕인지 통증이 약간 사그라진 것 같았다.

"너의 성감대는 어딜까······?"

혼잣말처럼 중얼거리며 우쿄는 다시 내 무릎을 끌어안았다.

내 몸 안을 탐색이라도 하듯이 뜨거운 덩어리는 미묘하게 각도를 바꾸며 빠져나갈 듯하다가도 다시 밀고 들어온다.

"크······ 응, 아, 앗!"

내벽이 문질러지는 가운데 아픔보다는 일종의 압박감에 신음하고 있던 내 입에서 갑자기 신음이 나왔다.

"여기였나?"

"아······ 거긴! 안 돼!"

오싹오싹 몸이 떨리고, 안쪽이 움츠러드는 것을 확실히 느낄 수 있었다.

확인하듯 왕복하는 그의 말뚝이 나의 꽃봉오리를 농락했다.

"그렇게 기분 좋은 듯한 목소리로 싫다고 해도 말이

야……."

"혁, 아…… 으, 으앗!"

─말도 안 돼, 내 것이 또 일어났어?!

'거짓말. 아프고 괴로웠을 텐데……!'

도망치듯 허리를 뒤틀며, 나의 입에서 한층 더 큰 신음소리가 터져 나왔다.

"탐욕스럽군, 토고는. 이제는 스스로 허리를 흔드는 건가."

잠시 뒤로 빼고 있던 우쿄의 물건에 스스로 몸을 밀어붙인 건 바로 나였다. 그런 나를 우쿄는 눈을 가늘게 뜨고 내려다봤다.

"아, 아니…… 그, 그런 게……."

흥분한 목소리로 부정하는 내 안으로 그가 다시 비집고 들어오자, 나는 '흐흑' 하고 울먹이는 소리를 냈다.

"토고, 넌 이렇게 하는 게 마음에 들지?"

"아, 아니, 싫엇."

"여길 이렇게나 부풀려 놓고선, 거짓말하면 안 되지."

우쿄는 질금질금 꿀이 새어 나오고 있는 발기된 나의 그것을 보고 야유했다.

수치심으로 몸이 달아오르며 나는 필사적으로 고개를 가로저었다.

"거짓말, 아, 아니라구요……."

"그럼 뭐가 싫다는 거야?"

"나오니까……!"

거친 목소리로 묻는 그에게 나는 대꾸했다.

"거기, 싫엇……. 나와요. 아…… 이제, 나와 버리니까……!"

제대로 대답했는데도, 그의 발기된 말뚝은 나의 그곳을 더욱 세차고 강하게 찔러댔다.

우쿄의 눈빛은 나에게 다시 '뭐가 말이야?'라고 묻는 듯했다.

"저, 정액이…… 아, 앗…… 그만, 정액이 나와버려요!"

"몇 번이라도 쥐어짜 주지."

"아…… 그, 그런…… 아…… 하, 한 번 갔는데도, 아! 지금, 만지지도 않았는데 발기하다니, 이런……."

"토고. 얼마든지 가도 좋아."

"아, 앗, 안 돼, 나와……!"

마음으로는 안 된다, 싫다고 생각하고 있는데 생각과는 달리 나의 두 다리는 우쿄의 등에 감긴 채 그를 강하게 끌어안았다.

"그래, 그러면 돼. 안심해, 몇 번이라도 사정하도록 해주지."

섹시한 목소리로 그렇게 말하고 우쿄는 다시 내 몸속을 농락하기 시작했다.

그의 허리가 더 격렬하게 움직일수록 나는 처음으로 느낀 몸의 욱신거림을 멈출 수 없게 되어…….

나는 이내 봇물 터지듯 정액을 내뿜으면서 망측한 신음을 내지르고 있었다.

*　　　*　　　*

나를 가게까지 데려다주는 것은 대개의 경우는 소가베의 몫인 것 같다.

내가 우쿄의 집에 머물기 시작한 후 오늘까지 나흘간 줄곧 나를 가게까지 데려다준 건 바로 그였다.

"데려다주지 않아도 되는데……."

그에게 처음 안긴 다음 날 아침, 나는 우쿄에게 직접 그렇게 말했지만 그는 이를 무시했다.

게다가 잠깐 쇼핑을 갈 때조차 반드시 우쿄의 허락을 받아야 하고, 보디가드 역할을 하는 조직원이 동행해야 한다고 했다.

적대적인 조직에서 사람을 보내 나를 노릴지도 모른다면서 말이다. 외출 시엔 허가를 받아야 한다는 점이나 보디가드의 동행에 대해 나는 이미 약속을 한 상태이긴 하지만, 어쩌면 우쿄는 내가 도망칠지도 모른다는 걸까?

내가 집으로 돌아가려고 해도 내 집은 가게의 이 층에 있고, 그는 이미 현관의 여벌열쇠도 가지고 있다.

나는 어쩔 수 없다는 생각에 한숨을 내쉬며 휴대전화를 손에 들었다.

"아, 여보세요. 저 토고예요……. 슬슬, 가게를 닫으려구요."

나는 용건만 간단히 말하고 통화를 끝냈다.

돌아가기 전에는 꼭 나에게 전화를 해라…… 나에게 그렇게 명한 우쿄는 매번 '알았어'라고만 말하고 바로 전화를 끊어 버리곤 했다.

그러고 나면 곧 뒷문의 초인종이 울리고 문밖으로 나온 나에게 소가베가 '수고하셨어요' 하며 고개를 숙인다.

오늘도 통화가 끝나자마자 뒷문의 초인종이 울렸고, 우리는 보안시스템을 작동시킨 후 밖으로 나갔다.

'우리'에는 종업원들도 포함된다. 하지만 이제 와카바야시와 시바모토는 없다.

하야카와는 그대로 함께 일하고 있지만 여성 종업원 두 사람은 지금은 다른 가게에서 일하고 있다.

우쿄가 여성 종업원 두 사람을 그만두게 하라고 했을 때, 순간 반발심을 느끼기는 했다. 그도 그럴 것이 가게의 주인은 어쨌든 나다. 우쿄의 간섭을 받을 이유는 없었다.

하지만 경영권과 소유권이야 어떻든 실질적으로 우쿄가 뒤를 봐주고 있는 지금의 『야지마 쥬얼리』에 여성종업원 두 사람이 근무하는 것은 불안한 마음이 들기도 해서……
결국 동업자인 지인에게 두 사람의 취업을 부탁해, 나는 우쿄의 지시를 따른 셈이 되었다.

나는 마중 나와준 소가베와 요즘 우리 가게에서 일해주고 있는 카타쿠라 조직원 두 사람에게 수고했다고 머리를 숙여 인사하고는 뒷문을 잠갔다.

우리 가게에 들어온 조직원 중 한 명은 몸수색 때에 같이 있었던 타키타다. 그는 소가베에게 자동차 키를 받고 가게 앞으로 달려갔다.

또 다른 조직원인 콘도(近藤)는 주위를 경계하면서 '어서' 하고 나에게 걸음을 재촉했다.

도대체, 이렇게 경계할 필요는 없는데.

우쿄 본인이라면 카타쿠라 조직의 두목이니까 경계하는 것도 이해할 수 있다.

하지만 나는 지금까지 극히 평범하게 살아왔다.

'우쿄 씨에게는 대출을 받기도 했고, 확실히 그의 것이 되긴 했지만……'

그런 이유라면 이렇게까지 경계해야 할 이유는 없다는 생각이 든다.

……도대체 무엇을 경계하고 있는지 이해가 가지 않는다.

내가 도망칠지도 모른다고 생각하고 있는 걸까?

하지만 거처를 옮긴 날 당일 밤부터 그의 것이 되어, 매일 그의 밑에 깔리고 있는 나는 진이 다 빠지도록 당하는 통에 도망갈 체력조차 남아 있지 않았다.

조금이라도 좋으니까, 자유롭고 싶다.

가게 앞에 주차된 승용차를 향해 걸으면서, 나는 앞서 가는 콘도의 등을 바라보다 바로 뒤에서 따라오는 소가베를 힐끔 바라봤다.

어디를 가든 우쿄의 허락 없이는 안 되고, 외출을 하면 반드시 카타쿠라 조직의 누군가가 데려다준다는 명목으로 따라왔다.

"저, 토고 씨. 오늘은 두목께서 토고 씨를 『도림』에……."

오늘까지 나흘 동안이나 자유를 빼앗겼다는 생각에 진절머리가 나기 시작했다. 나는 오늘 하루 동안 생각했던 일을 실행에 옮기려고 '그런데 한 가지 부탁이 있습니다만' 하고 소가베의 말을 중간에 잘랐다.

"소가베 씨, 저 잠깐 가는 길에 들르고 싶은 곳이 있어요."

"들르고 싶은 곳이라, 어딥니까?"

밤에도 선글라스를 쓰고 있는 소가베의 입가가 조금 곤란하다는 듯 굳어졌다.

"약국에 가고 싶어요. 조금 큰 약국이면 좋을 거 같아요."

나는 이렇게 말하며 콘도가 열어준 뒷좌석으로 들어가 앉았다.

가게와 우쿄의 집 사이에는 약국이 세 군데는 있을 것이다.

그중 한 군데는 가격도 저렴하고 넓은 데다가 자동문이 두 군데나 있다.

"음, 두목께 전화로 허락을 받아야……. 근데 무슨 약을 사려는 겁니까? 진통제나 감기약이라면 늘 준비되어 있있을 텐데요?"

내 옆자리에 올라탄 소가베가 핸드폰을 주머니에서 꺼내며 의심스러운 표정으로 나에게 물었다.

모두가 탑승한 후 차가 움직이는 것을 기다렸다가 나는 미리 생각해 놓은 대답을 말했다.

"……저, 그런 약이 필요해서요……."

"네? 그런 이라니요? 설마 우리 조직에서 금하고 있는 그것 말인가요?"

"소가베 씨가 말하는 것이 어느 약인지는 모르지만…… 저기, 그러니까, 그거요."

"죄송합니다, 토고 씨. 그거라고 말하셔도 잘 모르겠습니다만, 두목이 허락을 해줄지……."

나와 소가베가 말을 주고받는 가운데 콘도가 조수석에서 뒤를 돌아보자 핸들을 잡고 있던 타키타도 백미러로 뒤를 주시한다.

세 사람이 모두 머릿속에 의문 부호를 떠올린 듯한 모습을 보고, 나는 오늘 화장실에서 여러 번 연습했던 '조금 곤란해하는 듯한 멋쩍은 웃음'을 지어 보았다.

"음, 우쿄 씨에게는 비밀로 하고 싶어요. 걱정 끼치고 싶지도 않고……."

"지병 같은 건 없으시다고 들었는데, 무슨 약이 필요하신 건가요?"

운전석으로부터 들려온 목소리는 의아해하고 있었지만, 백미러에는 핸들을 잡은 타키타의 냉정한 눈빛이 비치고 있다.

나는 망설이는 기색으로 시선을 창밖으로 돌리며 입을 열었다.

"그러니까 우쿄 씨가…… 그걸 할 때 좀 격하게 해서……."

나는 부끄러운 듯이 말했다. 준비한 대사는 생각했던 것보다 훨씬 더 민망해서 낯 뜨거웠다.

한순간의 정적 뒤, 나는 살짝 다시 시선을 차 안으로 돌렸다.

백미러에 비친 타키타는 여전히 영문을 모르겠다는 표정이었고, 조수석에서 몸을 돌려 나를 보던 콘도 역시 아직 고개를 갸웃하고 있다.

그리고 내 옆에 앉아 있던 소가베는 약간의 시차가 있고 나서야 이해가 갔는지, '으흠' 하는 기침소리로 정적을 깼다.

세 사람의 반응에 만족한 나는 내가 생각해 놓은 '이유'를 다시 내세웠다.

"그걸 하고 나서 바르는 연고나 조금 부드럽게 삽입할 수 있도록 해주는 오일이 있으면, 나도 덜 힘들고 우쿄 씨도 기분이 좋을 거 같아서요."

"사, 삽입이라구요?"

콘도가 놀란 목소리로 몸을 비비 꼰다.

"응. 저기, 제가…… 익숙하지 않아서, 그, 통증도 가능한 한 줄이고 싶고……. 제대로 힘을 빼지 못하니까, 우쿄 씨를 받아들일 때에 좀…….."

"이, 이제 됐습니다. 알겠으니까요."

"아아, 콘도 군은 이해해 주는군요. 다행이다……. 이왕이면 릴랙스할 수 있는 향기가 나는 거라면 더 좋겠어요……. 그런 이야기니까 타키타 씨는 물론 소가베 씨도, 우쿄 씨에게는 말하지 않았으면 좋겠어요."

그렇게 말한 후 나는 소가베의 표정을 살폈다.

차 안이 어두운 데다가 선글라스를 쓴 얼굴에서 표정을 읽기는 어렵지만, 차분히 다리를 고쳐 앉는 자세로 보아 충분히 내 변명이 통하고 있는 것 같았다.

"우쿄 씨도 내가 익숙하지 않아서인지 삽입할 때 좀 힘들어하는 것 같아서……."

"아, 알겠습니다! 두목에겐 비밀로 하겠습니다. 타키타도 콘도도 알았지?!"

운전석과 조수석의 양쪽에서 '네'라는 합창이 들려왔다.

콘도는 어땠는지 모르지만, 첫날밤을 치른 후에도 타키타는 오다기리와 함께 복도에 서 있었다.

타키타는 그때 내가 내는 소리를 다 듣고 있었을 테지만, 핸들을 쥐고 있는 그가 차를 세워주지 않는다면 내릴 수도 없다.

나는 좀 더 확실히 해두는 편이 좋다고 생각하고, 운전석 등받이 위로 타키타의 어깨에 살포시 손을 얹었다.

내 손이 닿은 것만으로도 타키타의 어깨는 움찔하며 크게 튀어 올랐다.

"부디 우쿄 씨에게는 비밀로 하고 싶어. 내가 그런 일로 약국에 들른 걸 알면 오늘까지 매일 밤 하고 있었는데, 어쩌면 우쿄 씨가 괜히 사양해 버릴지도 모르니까……."

거듭 다짐을 받아내기 위해 나는 마지막으로 '그러니까, 부탁해' 하고 덧붙였다. 이미 정면을 보고 있는 콘도는 입을 다문 채 좌우로 몸을 비틀고 있었다.

백미러에 비친 타키타는 거울 속에서 나와 눈을 마주치

려 하지도 않았다.

소가베가 손에 든 휴대전화를 허둥지둥 호주머니 속에 집어넣었다. 차내에는 미묘한 느낌의 정적이 깃들었다.

내가 좀 심했나 생각하면서도, 나는 시트에 등을 대고 아스팔트를 달리는 차의 진동에 몸을 맡겼다.

그리고는 아무도 입을 열지 않은 채 차는 목적지로 접근해 갔다.

"아, 타키타 군. 저기 큰 약국이 좋겠다."

알겠습니다 하는 대답과 함께 차가 천천히 감속했다.

타키타는 인도의 가드레일이 끊긴 근처에서 차를 세웠다.

막 차에서 나가려고 문에 뻗은 내 손을 소가베가 잡았다.

"함부로 내리지 마세요, 토고 씨. 어쩌면 적대적인 조직이 위해를 가하려고 노리고 있을지도 모르거든요."

"하지만 약국은 바로 저긴데……."

먼저 차에서 내린 콘도가 주위를 둘러보며 확인하고 있었다.

"여기는 우리 구역이긴 하지만 평범한 시민인 척하다가 달려드는 녀석이 있을 수도 있거든요. 그러니 제가 문을 열 때까지 기다려 주셔야 합니다."

'좀 오버하는군' 하고 중얼거리는 나한테서 손을 떼고 소가베가 차 밖으로 나갔다.

거처를 옮긴 지 아직 나흘째지만, 매사가 이런 식이다.

답답하고 못마땅하긴 하지만 초조함은 금물이라고 스스로를 달래며, 나는 뒷좌석의 문이 열릴 때까지 얌전히 기다렸다.

차 문을 열어준 소가베는 콘도와 함께 약국에 들어서는 내 뒤로 따라붙었다.

나는 앞서 말한 그러한 상품들이 진열되어 있는 쪽으로 다가가면서, 타키타가 기다리고 있는 대로변과는 반대편에 자동문이 있다는 걸 재빨리 확인하고 입을 열었다.

"저, 소가베 씨. 이런 물건들을 고르고 있는데 옆에서 힐끔힐끔 보고 있는 건 좀 부끄러운데요."

선반에 진열되어 있는 상품의 종류는 내가 예상했던 것보다 훨씬 많았다.

그러고 보니 이 근처에 호텔거리가 있었던가?

이러한 상품들이 늘어선 선반 앞에 서 있는 것만으로도 나에겐 충분히 부끄러운 일이다.

하지만 소가베와 콘도는 아무렇지도 않다는 듯이 태연한 얼굴이었다.

"하지만 토고 씨를 경호하는 것이 저희들의 역할입니다."

소가베는 차분한 표정으로 그렇게 말하고, 상품선반에 손을 뻗어 '포도향이라……' 하고 중얼대는 콘도의 머리를 살짝 때린다.

"아얏! ……죄, 죄송합니다, 소가베 형님!"

"콘도, 네가 필요한 건 나중에 와서 사."

"하지만 돌출형인 데다 포도향이라고 적혀 있어서 그만……."

두 사람이 주거니 받거니 하는 걸 들으면서 나는 속으로 신음 소리를 냈다.

잠시라도 혼자서 밖을 걸으며 자유를 맛보고 싶다.

그 때문에 이렇게 약국 핑계를 대긴 했지만, 이대로라면 가게 밖으로 나갈 기회를 찾기는 어려울 것 같았다.

"저, 소가베 씨, 콘도 군. 점원과 상담을 하고 싶은데, 두 사람이 가까이서 듣고 있는 건 좀 부끄러운데요."

"토고 씨, 우리는 그저 지나가는 행인이라고 여기고 신경 쓰지 마세요."

"아니, 아무리 그래도……."

사명감에 불타고 있는지, 두목의 명령이 단단히 가슴에 박혀 있는지 나 혼자서 둘을 떨어뜨려 놓는 것은 무리인 듯했다.

별수 없이 나는 눈앞에 있던 윤활젤리를 손에 들고 소가베를 향해 돌아섰다.

"그럼 두 분이 상담해 주세요."

"네? 저희가 말입니까?"

나는 '네' 하고 끄덕이며 윤활젤리 튜브를 소가베의 우락부락한 손에 건넨다.

"점원이나 약사와 상담하는 것을 어차피 옆에서 함께 들을 테니까. 예를 들면 이런 건 어때요?"

"어떠냐고 하셔도……."

"봐요. 설명서에 보습성이 높아 윤활효과가 오래간다고 적혀 있네요."

나는 소가베가 받아 든 튜브에 써 있는 글씨를 가리켰다.

소가베도, 옆에서 힐끔거리던 콘도도, 응, 응, 하며 고개를 끄덕인다.

"피부나 점막에도 부담 없이 사용할 수 있는 자연스러운 매끄러움이라고 쓰여 있지만, 여기에 여성용이라고 적혀 있어서. 그, 저기…… 난 남자니까. 여성용이라고 적혀 있긴 하지만 남자들도 거기다가 쓸 수 있는 걸까?"

"웃, 그런 건, 저기, 저희한테 물어봐도…… 콘도!"

소가베의 뺨이 가볍게 경련을 일으킨다.

"저희한테는 좀……."

소가베에게 불린 콘도 역시 말을 얼버무리며 동의한다.

소가베가 튜브를 선반에 올려놓는 사이, 나는 불을 연상시키는 디자인의 패키지 상자를 집어 콘도에게 내밀었다.

"그럼 이건 어때? 이것도 여성용이고 핫타입이라고 적혀 있네. 나는 여자와는 인연이 없는 인생을 보내고 있었으니

뭐가 뭔지 전혀 몰라. 오일도 있고 젤도 있고, 로션도 있고. 이 핫타입은 젤이라고 적혀 있는데……."

나는 콘도를 바라보고 고개를 갸웃거렸다.

"이거 애인한테 사용해 본 적 있어?"

"으앗. 저, 저 말인가요? 저는 콘돔 정도밖에 사용한 적이 없어요."

콘도는 겸연쩍은 표정으로 대답하고는 상자를 소가베의 손에 넘겼다.

"핫타입이라면 자극적이라는 거겠지. 따뜻한 쪽이 긴장을 풀어줄 것 같긴 한데……. 그러다가 황당한 일을 겪게 되면 곤란하겠네. 다음은 저건가…… 이건 어때?"

상품 선반으로 시선을 돌아가면서 나는 눈에 띄는 로션 병을 집어 두 사람의 손에 하나씩 들려주었다.

상자와 병을 한 손에 하나씩 든 채, 소가베는 피식 웃음을 터뜨렸고, 콘도는 손에 무언가 뜨거운 것이라도 든 것처럼 어쩔 줄 몰라 하고 있다.

"여성용이라고 쓰여 있는 것보다 이렇게 제대로 항문 전용 로션이라고 적혀 있는 게 적합할까? ……두 사람은 어떻게 생각해요?"

목소리를 낮추어 묻는 나를 바라보는 두 사람의 얼굴이 완전히 굳어져 있는 것을 보고 나는 안도의 한숨을 내쉬었다.

나도 창피하긴 마찬가지니까, 같이 의논해 주지 못할 거라면 나한테서 좀 떨어져 주었으면 좋겠는데.

멋대로 생각하며 빨리 나한테서 떨어지도록 '역시 전용인 것으로 쓰는 것이 좋을까?'라고 중얼거렸다.

"아, 아무래도 전용이라고 쓰여 있는 편이 낫지 않을까요?"

"소가베 씨도 그렇게 생각해요? 그럼 이걸로 할까…… 아, 하지만 저것도 좋아 보이는데……. 소가베 씨, 거기 한 방 배합 젤리 좀 집어주시겠어요?"

나는 소가베의 몸에 가려 손이 닿기 어려운 장소에 있는 네모난 케이스를 가리켰다. 소가베는 핫타입 상자를 서둘러 선반에 올려놓더니 사각케이스를 집어 나에게 내밀었다.

"아. 이것 좀 보세요, 소가베 씨, 콘도 군. '성교통증의 완화'라고 적혀 있어요. 이런 타입이 좋으려나……. 일단 소가베 씨, 이것도 나중에 계산대로 가져가 주세요."

"네? 제가 계산하러 가는 건가요?"

"하지만…… 저, 이런 걸 계산하러 가는 건 부끄러우니까."

싫은 녀석이라고 생각하려나.

조금 염려스럽긴 하지만 나는 소카베의 손에 네모난 상자를 건넸다.

"게다가, 어차피 소가베 씨는 제가 계산하러 가도 계속 옆에 붙어 다녀야 하잖아요?"

내가 그렇게 말하자, 소가베는 콘도에게 병과 케이스를 건네려고 한다.

"내 말 못 알아듣는 거야?"

콘도가 건네받기를 꺼리자 소가베는 나지막이 위협적인 목소리로 말했다.

콘도 군, 미안.

마음속으로 사과하고 재킷 주머니에서 지갑을 꺼냈다.

"어느 분이 계산대에 가주어도 상관없지만, 대금은 이 지갑에서 지불해 주세요."

"토고 씨, 돈이라면 신경 쓰지 않아도 되니까요! 그것보다도 저, 이것을……"

위협적인 태도를 취해도 물건을 건네받지 않는 콘도를 포기했는지, 소가베가 나에게 병과 케이스를 건네주려 했다.

"제 돈으로 살 거니까, 이걸로 계산해 주세요."

나는 내민 지갑에서 오천 엔짜리 지폐 한 장을 빼서, 이번에는 콘도에게 건넸다.

"다음은…… 아, 그래. 우쿄 씨와 한 후에 바르는 약을 사야지. 어디에 있을까…… 소가베 씨, 콘도 군, 이 가게에 거기다 바르는 약은 어디 있을까?"

소곤소곤 목소리를 낮추어 두 사람에게 묻는다.

순간 '으읏' 소리를 지르며 소가베와 콘도가 뒤로 물러났다.

"아, 알, 알겠습니다, 알겠으니까, 토고 씨! 우리는 잠시 떨어져 기다리고 있을 테니 혼자서 천천히 고르세요!"

됐다, 성공이라고 생각하면서도 나는 '에이─ 그런' 하고 중얼거렸다.

"거기다 바를 약도 어떤 것을 사야 할지 모르는데."

"우리도 몰라요! 게다가 토고 씨처럼 호리호리한 미인이라면 몰라도 덩치 큰 우리가 이런 걸 샀다가 오해받는 건, 솔직히 괴로워요……."

소가베와 콘도가 점점 나에게서 멀어져 갔다.

"죄송합니다. 이 두 가지로 좀 봐주세요."

아니, 저기, 나에게 돌려면 둘 다 도로 선반에 갖다놓을 텐데.

이제 와서 혼자 있고 싶은 핑계라고는 할 수 없어서, 정말 저런 물건을 사는 건가 하고 생각하면서도 나는 휴우 한숨을 내쉬었다.

"……어쩔 수 없군요. 그럼, 부끄럽지만 참고 약사하고든 누구하고든 상담하면서 열심히 골라봐야겠네요."

"그럼요. 아무래도 약사 쪽이 전문지식도 있을 것이고, 제대로 상담해 주겠죠!"

그때 뒤도 보지 않고 선반 끝까지 뒷걸음치던 소가베가 막 통로로 들어선 고객과 부딪치더니, 애널 전용이라고 선명하게 쓰여진 로션 병을 바닥에 떨어뜨렸다.

　"어머나!"

　그와 부딪치는 바람에 비명을 지른 여성 고객이 미안하다고 사과하며 소가베가 떨어뜨린 병을 주워들었다.

　"조, 조, 조심하라고!"

　당황한 목소리로 그 여성의 손에서 병을 낚아챈 소가베를 한 커플이 말똥말똥 쳐다보고 있었다.

　"내, 내가 아니야! 내가 사용하는 게 아니라…… 이, 이 녀석이야!"

　"너, 너무해요, 소가베 형님! 그럴 리 없잖아요. 내 거 아닌데!"

　이 녀석의 것이라며 소가베에 의해 커플이 있는 쪽으로 내몰리다시피한 콘도가 울 듯한 얼굴로 구시렁댔다.

　소가베는 '시끄러워!' 하고 받아치며 발을 동동 구르며 분해하더니, 총총히 멀어져 가는 커플을 향해 '내가 쓰는 게 아니라고' 하며 소리를 질렀다.

　"콘도, 제발 그럴 때는 입 닥치고 있어! 나에게 무안을 줄 셈이냐?"

　어느 정도 낮추기는 했지만 소가베의 목소리는 내가 있는 곳까지 들려왔다.

서로가 시야를 벗어난 상태인 지금이 찬스다.

살금살금 나는 그 자리에서 벗어나 선반에 몸을 숨겼다.

목표인 자동문 쪽으로 가면서 소가베와 콘도의 목소리에 신경을 집중시킨다.

아직도 그들은 내가 그들의 시야를 벗어났다는 것을 알아채지 못한 듯했다.

두 사람이 있는 쪽에 주의를 기울이면서도, 나는 침착하게 자동문을 지나 초록색 매트 위에 발을 내디뎠다.

하지만 소가베와 콘도를 경계하며 자동문을 등지고 돌아서 그대로 밖으로 나가려는 찰나, 나는 누군가에게 부딪치고 말았다. 나는 자세를 낮춘 채로 '죄송합니다' 하고는 머리를 들었다.

"아뇨. 그것보다 어째서 뒷걸음질로 나오고 계신 겁니까?"

"조금 사정이……."

잠깐, 이 목소리는 오다기리?

몸을 낮춘 자세 그대로 깜짝 놀라 돌아본 나를 오다기리가 미소를 띠고 내려다보고 있었다.

"토고 씨, 이런 데서 무엇을 하고 계셨습니까?"

"에에…… 그게 말이죠……."

"영업을 마친 후 토고 씨를 카타쿠라 흥업이 운영하는 『도림』으로 모셔 오라고, 소가베는 물론 타키타와 콘도한테도 일러두었을 터입니다만……."

그는 이렇게 말하며 팔을 뻗어 나의 어깨와 팔을 꽉 붙들었다.

별로 심한 완력으로 당긴 것도 아닌데, 내 몸은 의지에 반해 완전히 똑바로 서 있었다.

"토고 씨, 소가베는…… 아아, 거기 있었군. 소가베, 너 거기서 뭘 하고 있어?"

오다기리는 이렇게 소리를 지르고는, 나의 몸을 쑤욱 가게 안으로 밀어 넣었다.

"아! 오다기리 형님. 죄송합니다."

"어떻게 된 거야, 소가베? 토고 씨가 혼자서 가게 밖으로 나오고 있었다고?"

"아니, 그…… 죄송합니다, 형님!"

"애초에 소가베, 네가 가지고 있는 그건 뭐야?"

소가베가 손에 든 병과 케이스를 보고 오다기리가 눈썹을 찌푸렸다.

"항문 전용 로션? 한방 배합 윤활 젤리? 어이, 소가베. 너 어느새 취향을 바꾼 거냐? 리사한테 열을 올리느라 『아리유루 클럽』에 드나들고 있다는 소문을 들었는데, 『소리지에』의 리나와의 관계를 내가 잘못 들었나?"

"아니, 오해십니다. 『아리유루 클럽』의 리사 맞습니다……. 리나가 아니구요. 『소리지에』는 오카마(여장 남자를 일컫는 일본 조어) 바가 아닙니까?"

"소가베, 『소리지에』에 있는 애들은 오카마가 아니라, 뉴하프들이다."

조만간 토고 씨도 한번 모시고 가겠습니다, 하고 말한 오다기리가 나를 쳐다본다.

나는 거기도 카타쿠라 조직이 운영하는 유흥업소일까 하고 생각하면서, 애매한 표정으로 대답을 얼버무렸다.

내가 혼자 가게 밖으로 나가려고 한 것에 대해 오다기리는 아무 말이 없었다.

틀림없이 야단을 맞을 거라고 생각했는데.

이제 오다기리와 소가베, 정말 미안한 듯이 머리를 긁적거리고 있는 콘도, 이 세 사람이 나를 둘러싸듯 서 있었다.

"그런 건 아무래도 좋아요! 이것은 토고 씨가 두목과의 잠자리 때문에 필요한 거라고……. 아, 맞다, 토고 씨. 그 연고는 찾았습니까?"

"소, 소가베 씨! 그건 비밀이라고 했잖아요?"

황급히 그렇게 말했지만, 소가베의 말에 오다기리는 아주 흥미로운 듯한 표정을 지었다.

"아, 두목한테만 비밀로 하는 게 아니었습니까?!"

"우리 네 명끼리의 비밀로 할 셈이었는데!"

"죄송합니다, 토고 씨. 무심코 말이 헛나와 버렸습니다."

거구를 숙여 사과하는 소가베의 어깨를 오다기리가 쾅

내려친다.

"소가베, 그 이야기는 나중에 천천히. 토고 씨, 두목께서 『도림』에서 손님과 함께 기다리고 계십니다. 여기서는 걸어가는 게 더 빠르니, 어서 가시죠."

오다기리는 콘도를 타키타한테 보내서 가게로 오도록 하라고 말하고는, 소가베한테는 카운터에서 계산을 끝내고 오라고 명했다.

"부탁드립니다."

안심한 표정을 한 콘도는 내가 아까 맡겼던 오천 엔짜리 지폐를 소가베에게 건네고는 가벼운 발걸음으로 차도 측의 자동문으로 달려갔다.

카운터로 가기를 망설이고 있는 듯한 소가베를 혼자 남겨둔 채, 오다기리는 나와 함께 가게를 나갔다.

"저, 오다기리 씨. 아까의 일에 대해서는 입 다물어 주시는 건가요?"

아케이드 아래로 걸어가면서 내가 묻자 '무슨 일 말입니까?' 하고 오다기리가 되물었다.

"구매하신 물품에 대해서요? 아니면 조직원들을 따돌리고 도망치려 한 것 말입니까?"

"둘 다 입니다. 그리고 나는 도망치려 한 게 아니라, 잠깐 혼자서 밖을 산책할 수 있는 작은 자유가 필요했던 것뿐이었어요. 로션과 젤리는 그런 기회를 만들기 위한 구실이었고요……."

"하지만 토고 씨. 정말 그 상품은 단순한 구실인가요? 저는 매일 밤 복도에서 당번을 서고 있는데, 확실히 두목과의 잠자리는 아직 힘들어 보이셨는데요?"

그 말에 마음이 무거워진 나를, 오다기리는 아케이드가 끝나는 부근의 한 건물로 안내했다.

엘리베이터에 탄 후, 나는 오다기리의 손가락이 맨 위층 버튼을 누르는 것을 보며 입을 열었다.

"그, 그건, 확실히 그렇지만……. 저, 오다기리 씨. 당번을 선다고 했는데 그럼 요 나흘 내내 복도에서 불침번을 서고 계셨던 건가요?"

나는 마음속으로 '제발 아니라고 말해주세요' 하고 빌면서 물었다. 그러자 오다기리는 '염려 마세요'라고 웃으면서 대답했다.

"밤샘을 하는 건 아니니 괜찮아요. 두목과 토고 씨가 잠들기 전까지만 섭니다."

그렇다면 소리는 다 들린다는 것이 아닌가.

수치심에 현기증을 느낀 나는 움직이기 시작한 엘리베이터 벽에 몸을 기댔다.

"……그, 그렇습니까. 죄송합니다, 매일 밤 이상한 소리를 들려 드리게 되어서……."

"소리가 들리는 건 상관없습니다. 다만…… 토고 씨도

처음과 후반부에는 상당히 기분이 좋은 듯 기쁜 듯한 소리를 내지만, 그 중간에는 괴로우신 듯해서……."

"오, 오다기리 씨! 부탁이니까, 기분이 좋다느니 기쁘다느니 말하지 마세요!"

듣고 있는 사람은 나밖에 없지만 괴로운 나머지 죽어버리고 싶은 내용이다.

실제로 처음과 후반부가 황홀하긴 하지만!

첫날밤 우쿄가 가르쳐 준 성감대를 희롱당하면, 확실히 나는 체면이고 뭐고 없을 만큼 몸부림치다가 한없이 사정하고 만다.

"저도 두목에게 뭐라고 진언하는 게 좋을까 생각하고 있던 참이었기에, 이번 건은 양쪽 다 보고하겠습니다."

그렇게 말하며 방긋 웃은 후, 오다기리는 조용히 정지한 엘리베이터 밖으로 나를 이끌었다.

엘리베이터가 멈춘 꼭대기 층, 문 저편에 보이는 것은 무광의 금빛 장식과 갈색의 목재가 화려한 주홍빛과 어우러진 공간이었다. 이 가게는 층 전체를 사용하고 있는 듯 문도 따로 설치되어 있지 않았고, 선명한 붓글씨로 쓴 '도림(桃林)'이라는 간판이 카운터 근처의 벽에 걸려 있었다.

기다리고 있던 검은 제복 차림의 점원이 '어서 오십시오' 하며 우리에게 인사를 한다.

'손님들은?' 하고 묻는 오다기리에게 점원은 '기다리고 계십니다' 라고 대답했다.

점원에게 안내되어 가게로 들어서면서, 나는 비스듬히 뒤를 따라오는 오다기리를 돌아보았다.

"저, 오다기리 씨. 우쿄 씨가 알면 혼날지도 모르니까……."

"혼날 것을 안다면 왜 그러셨습니까? 잘 아시면서 하신 일이니, 벌을 달갑게 받아들이셔야 합니다."

분명 맞는 얘기지만 가능하면 벌을 받는 것은 피하고 싶었다.

하지만 어떤 벌을 말하는 것일까?

야쿠자 영화를 본 기억은 별로 없지만, 야쿠자가 받을 만한 벌이라고 하면 가장에 먼저 뇌리에 떠오르는 것은 '손가락을 자르는 것' 이었다.

디자인을 그리는 것은 물론 구입한 보석을 받침대에 진열하는 등, 나의 일은 여러 가지 세심한 수작업을 필요로 한다.

"손, 손가락을…… 잘라내는 것은 제발!"

나는 나도 모르게 멈춰 서서 오다기리에게 호소했다.

즐겁게 식사를 하던 손님 몇 명이 놀란 얼굴로 나를 본다.

오다기리는 '갑자기 무슨 말씀을……' 하고 말하며 쓴웃음을 짓더니, 가던 방향으로 내 등을 밀었다.

"모처럼 손에 넣은 토고 씨에게 그런 짓을 하진 않으실 거예요."

"정말요? 손가락을 자르라고 하지 않을까요?"

"괜찮아요. 잘못을 저지른 것은 제 부하니까요. 책임을 지고 손가락을 자르게 된다면 저나 소가베 어느 한 쪽이겠죠. 아니면 둘 다든지……."

끔찍한 말을 내뱉으면서 오다기리는 미소를 짓는다.

"뭐라구요! 오다기리 씨도 소가베 씨도 잘못하지 않았는데……."

"경호를 명령받은 책임이 있습니다. 만약 정말 그렇게 되는 것이 미안하다고 생각해 주신다면, 앞으로는 부디 신중히 행동해 주세요."

"죄, 죄송해요."

나는 당황한 심정으로 사과한다.

나 자신이 혼날지도 모른다고는 생각했다.

그렇지만 그 여파가 오다기리와 다른 사람들에게 미칠 거라고는 생각지도 못했다.

"괜찮아요. 우리 두목은 책임 구분을 명확히 하시기는 하지만, 또한 조직원들을 소중하게 여겨주시는 분이기도 하니까. 그리고 이번에는 책임 구분보다도 더 중요시해야 할 걱정거리가 있을 듯합니다."

"걱정거리라고요? 카타쿠라 조직에 지금 무슨 문제라도

있나요?'

우리를 안내하던 검은 제복 차림의 점원이 '이쪽입니다'
하고 미닫이문 앞에서 멈추어 섰다.

오다기리는 곧장 문을 노크하려는 점원을 손으로 제지하
더니, 내 넥타이를 직접 고쳐 주며 미소 지었다.

"아뇨. 두목의, 아주 사적인 문제예요. 아아, 소가베가
이제야 따라온 모양입니다."

오다기리의 말에 돌아보니 소가베가 헐레벌떡 달려왔
다.

"소가베, 늦었군."

"죄송합니다, 오다기리 형님. 약국의 점원이 로션의 필
름이 좀 찢어져 있으니 바꿔주겠다고 해서 시간이 좀……."

"그건 아무래도 좋다. 두목이 손님에게 토고 씨를 소개
할 생각으로 기다리고 계시다. 빨리 숨을 가다듬어, 소가
베. 보기가 흉하군."

하지만 시킨 대로 하려고 해도 여전히 숨을 헐떡이는 소
가베에게 눈치 있는 차이나드레스 차림의 여종업원이 냉수
가 든 잔을 내밀었다.

소가베가 물을 다 마시기를 기다린 후, 오다기리가 문을
노크했다.

문 저편에서 노크에 대답하는 우쿄의 목소리가 들리자,
안내하던 검은 제복의 점원과 여종업원이 각각 양쪽에서

미닫이문을 열었다.

"드디어 왔군, 토고!"

원탁에 앉아 있던 우쿄가 내게 손짓을 했다.

검은 옷의 점원이 나를 위해 의자를 끌어다 받쳐 준다.

"늦어서 죄송합니다."

사과의 말과 함께 원탁으로 다가가는 내 옆으로 오다기리가 우쿄에게 바짝 다가가더니 뭔가 귓속말을 했다.

약국에서의 일을 보고하고 있을지도 모른다는 생각에 나는 그들에게서 시선을 돌렸다. 검은 제복의 점원이 '음료는 뭘로 하시겠습니까?' 하고 물어 나는 재스민차를 주문했다.

원탁에 앉아 있는 건 우쿄와 나, 그리고 손님으로 보이는 세 사람으로 모두 다섯 명이었다.

함께 식사는 하지 않는 건지, 세 명의 손님 뒤로 보이는 두 의자에 스탠드칼라 재킷을 입은 두 남성이 앉아 있다.

우리 뒤로도 의자가 두 개 놓여 있었다. 소가베는 의자를 앞에 두고도 선 채로 있다. 오늘의 손님 세 명 중에 가운데 앉아 있는 인물과 눈이 마주친 나는 아무래도 중국인인 듯하다고 생각하면서 묵례를 했다.

설마 아키바 계열의 코스프레 취미가 있는 사람일까?

쿵후도복 같은 옷을 입은 그를 보면 누구라도 그렇게 생각할 것이다. 실크처럼 광택이 있는 옷감은 짙은 보라색으로, 전체적으로 은실로 자수가 놓여 있었다. 접혀 있는 소맷부리는 하얀 색이었고, 자리에 앉는 동안 힐끔 본 느낌으로는 키가 큰 듯했다. 그리고 옆구리에 트인 틈으로 같은 색의 바지가 보인다.

우쿄 씨가 이런 옷을 입는다면 검은색이 어울릴까, 아니, 흰색도 어울릴 거 같아…….

혼자 이런 생각에 잠겨 있던 나는 옆에서 나는 '치이익' 하는 소리에 상상을 중단하고 우쿄에게 눈을 돌렸다.

오늘도 검은 정장을 반듯하게 차려 입은 우쿄는 약국의 상호가 찍혀 있는 종이봉투를 열어보고 있었다.

'앗, 보, 보면 안 돼!'

마음속으로 외치고 있는 내 눈앞에서 우쿄가 종이봉투를 열었다.

봉투 안을 들여다본 우쿄는 손을 집어넣어 상품을 확인하고는 나에게 잠깐 시선을 돌렸다.

조마조마해하고 있는 내게서 오다기리한테로 시선을 옮긴 우쿄는 '그런가, 알았다' 하고 말하고는 종이봉투를 소가베에게 내밀었다.

"토고, 쇼핑이 하고 싶으면 제대로 말해. 약속했던 걸 잊은 거야? 게다가 너도 손님들과 함께 식사를 할 거라고 소가베가 말했을 텐데."

그러고 보니 소가베가 뭔가 말하려 했던 것이 떠올랐다.

그가 말하려고 하던 것을 내가 억지로 가로막았던 것이다.

"미안합니다. 우쿄 씨. 저기, 손님 분들께도…… 죄송합니다."

일본인인지 아니면 중국인인지 판단이 서지 않은 채 내가 일본어로 사과를 하자, 쿵후 도복을 입은 손님 뒤에 있던 보통 정장 차림의 중년남자가 특이한 억양으로 통역을 시작했다.

"그가 토고, 아까 말했던 내가 가장 사랑하는 남자요."

오늘의 손님들의 정체가 나에게는 알려지지 않은 가운데, 우쿄는 그들에게 나를 그렇게 소개했다. 통역 도중에 쿵후 도복 차림의 손님이 고개를 갸웃거린 것은 분명 우쿄가 가장 사랑하는 '남자'라고 해서일 것이다.

나를 그런 식으로 소개해도 괜찮은 걸까?

긴장감이 나를 에워싸고 심장을 두근거리게 했다.

나는 안정되지 않는 기분으로, 아름답게 세팅되어 있는 원탁 위의 하얀 냅킨을 집어 무릎 위에 펼쳤다.

"토고 씨, 이(李) 선생께서 토고 씨가 샤오제인지 묻고 있습니다."

우쿄와 나에게서 비스듬히 뒤에 서 있던 오다기리가 재미있다는 듯이 알려주었다.

"샤오제가 뭔가요?"

그 말은 미혼여성에 대한 경칭이라는 대답을 오다기리로부터 듣고, 막 차가운 재스민차를 한 모금 마시던 나는 사레가 들려 버렸다.

"지금 이 선생님 측 통역이 열심히 토고 씨에 대한 설명을 하고 있으니까 안심하셔도……."

"오다기리 씨. 이 선생이란 저 코스프레…… 아니, 쿵후 도복 같은 옷을 입은 분인가요?"

그 이 선생이라는 자와 우쿄는 뒤에 대기하고 있는 통역을 통해 이야기를 나누고 있었다. 나는 '바로 이때다' 하며 오늘의 손님들에 대해 오다기리에게 물었다.

"저 분은 우쿄 씨의 선생님인가요? 뭘 가르치는 선생님이죠?"

"그게 아닙니다, 토고 씨. 선생이라는 말은 중국에서 남자를 경칭하는 표현입니다."

"아, 교사나 스승이라는 뜻이 아니라, 누구누구 씨 하는 정도군요!"

점원이 요리를 날라 오는 것을 보면서, 오다기리가 '그렇죠' 하고 고개를 끄덕였다.

아름답고 풍성한 전채요리를 실어온 점원이 다시 자리를 뜨기를 기다렸다가, 나는 다시 입을 열었다.

"저는 또 쿵후라도 배우고 있나 생각했죠."

"저 쿵후 도복, 아니, 장포를 입은 저 남자는 우리 조직과 우호적인 중국 마피아의 두목입니다. 일이 있어 일본에 올 때는 우리 구역에 있는 가게에서 연회를 베푸는 경우가 많죠."

장포는 중국인 남성들의 예복으로 코스프레가 아니라는 오다기리의 귀띔에, 나는 잠자코 고개를 끄덕였다.

'마피아의 보스가 입은 예복을 코스프레라고 말하는 건 아무래도 좀 그렇지.'

우쿄에게 통역을 하고 있는 남자에게 코스프레라고 한 내 말이 들리지 않았으면 좋겠는데.

통역하고 있는 남자가 이 선생에게 그런 말을 하면 화를 낼지도 모른다고 걱정하고 있는 나에게 우쿄의 손이 다가온다.

순간 몸을 긴장시킨 내 눈앞에서 우쿄가 하얀 접시를 집어 들었다.

그는 식욕을 자극하는 전채를 접시에 담아 회전탁자 위에 올려놓고는 내 앞으로 돌렸다.

놀라는 나에게 '먹어'라고 한마디 하고, 우쿄는 다시 이 선생과의 대화로 돌아갔다. 고맙다고 중얼거리는 나의 허벅지를 원탁 아래서 그의 손이 가볍게 두드린다. 그가 화난 건지 아닌지…… 지금의 나로서는 전혀 판단할 수 없었다.

*   *   *

타이밍을 맞추어 내어오는 『도림』의 요리는 나를 행복감
으로 채웠다.

게센누마산 상어지느러미, 사오싱주로 만든 베이징의
전통적인 소스를 뿌린 참새우, 게다가 북경오리는 처음 먹
어보는 요리였고, 담백한 꽃게와 달걀흰자로 만든 담설볶
음도 맛있었다.

그러나 이씨 일행과 헤어지고 집에 돌아와서 우쿄의 방
에서 둘만의 시간이 되자, 나를 감쌌던 미식의 행복은 사그
라지기 시작했다.

언제 오늘의 일을 문제 삼을까 하는 불안감이 엄습한다.

이렇게 조마조마해하면서 기다리느니 내가 먼저 얘기하
는 게 낫겠다는 생각이 들어, 나는 조심조심 입을 열었다.

"저, 우쿄 씨…….

두 손에 내가 구매한 물건들을 든 채, 무슨 일이냐고 묻
듯이 우쿄가 고개를 들어 나를 바라봤다.

정장 차림으로 깔린 이불 위에 책상다리를 한 그의 수중
에 있는 것은 약국의 종이봉투에서 꺼낸 병과 네모난 케이
스다.

"왜 그래, 토고?"

내가 말을 하다가 멈추자 우쿄는 그렇게 물으며 병을 싸
고 있는 얇은 필름을 떼고 캡을 열었다.

그리고는 기름 냄새를 맡아보고 손바닥에 조금 흘렸다.

손가락 끝에 오일을 묻혀 윤활성을 확인하고 있는 우쿄, 그는 왜 나에게 아무 말도 하지 않을까?

허가를 받지 않았기에 사전에 보고가 되어 있었을 리가 없다.

식사 전에 오다기리가 귀띔한 데다 마음대로 어디를 들렀다는 증거물도 수중에 있는데……. 아니면 내가 몰래 혼자 가게 밖으로 나온 것은 오다기리가 비밀로 해준 걸까?

불안감과 혼란스러움으로 잠자코 있던 나는 결국 본론을 꺼내지 못한 채 '먼저 샤워하고 오겠습니다' 하고 방을 나왔다.

*　　　*　　　*

나흘 만에 처음으로 나는 우쿄에게 만져지지 않은 채 잠이 들었다…….

그다음 날 아침, 식사 자리에서 우쿄는 갑자기 나에게 가게를 쉬라고 말했다.

"네에? 임시 휴업이라니, 어째서……?"

카타쿠라 조직의 누군가가 요리한 두껍게 부친 계란을 집어 올리던 나의 젓가락이 도중에 멈췄다.

"특별히 영업을 쉬면 안 될 이유는 없을 텐데."

함께 아침을 먹는 우쿄로부터 그 말을 듣고 오늘 스케줄을 떠올려 보았다.

요즘 계속 매입은 미루고 있으니까 뭔가가 배달될 예정은 없었다.

단골손님의 집을 방문할 약속도 없고, 사전에 누가 가게를 방문하겠다는 연락도 없었다.

그리고 카타쿠라 조직의 입김이 닿지 않는 종업원 하야카와도 근무를 쉬는 날이다.

"임시 휴업을 하면 더더욱 이제 망하나 보다, 라고 생각되지 않을까요……?"

"가게를 열면 그만큼 경비가 들지."

그렇게 말하며 우쿄는 구운 연어를 젓가락으로 집어 입으로 가져갔다.

식사는 두 사람끼리가 아니라, 입주해 있는 조직원들과 다 함께한다.

방과 방 사이의 문을 개방해 더욱 넓어진 방에는 몇 개의 앉는 식탁이 놓여 있었다.

이 집에서 기거하는 남자 전원이 같은 메뉴를 먹고 있는 광경을 보면 언뜻 합숙소나 기숙사 식당 같은 느낌이 들기도 했다.

"분명 경비는 들지만……."

나는 내 손이 멈추어 있는 것을 깨닫고 이내 두껍게 부친 계란에 젓가락을 갖다 댔다.

두껍게 부친 계란을 반으로 잘라 한 입 가득 물자 그윽하고 달콤하고 부드러운 맛이 입속에 퍼졌다.

"꼭 영업하지 않으면 안 되는 이유가 없다면, 오늘은 임시 휴업한다."

그렇게 말하며 아침부터 왕성한 식욕을 보이던 우쿄가 젓가락을 놓자, 근처의 식탁에서 식사를 하고 있던 조직원이 바로 일어나서 찻잔에 뜨거운 차를 따라 우쿄에게 내밀었다.

"특별히 임시 휴업을 하지 않으면 안 되는 이유는요?"

"……네가 그런 걸 묻는 거냐, 토고?"

찻잔에서 얼굴을 들고, 우쿄가 나에게 되물었다.

그의 의미심장한 눈빛은 어제의 일을 떠올리게 했다.

*　　　*　　　*

깨우러 온 타키타가 아침 식사 전에 시트를 걷어내고 벽장에 넣어두었던 이불이, 방에 돌아오니 다시 그 자리에 깔려 있었다.

마침 새 시트를 깔고 있던 콘도는 나를 보자마자 얼굴에 동요의 기색을 보였다.

그의 볼이 상기된 것은 이불을 다시 까는 이유를 알고 있기 때문일 것이다.

콘도가 방을 나가자마자 우쿄는 옷을 벗기고 나를 이불 위에 쓰러뜨렸다. 그는 세밀하지만 성급한 전희로 나를 쾌락의 심연 속으로 내몬 후, 어제 사온 로션을 이용해 나의 그곳을 이완시키고 축축하게 했다.

"아, 기다…… 앗, 으, 으윽."

"네 생각대로 이런 것을 사용하는 편이 확실히 삽입이 부드러운걸."

자신의 더없이 딱딱해진 것을 내 몸 안에 밀어 넣은 채 알몸의 우쿄가 숨을 헐떡거리며 중얼거렸다.

"아, 아앗……!"

"너는 어때, 토고? 네가 원했던 로션을 사용하는 소감은?"

"끄응, 아, 앗……!"

신체 깊숙이 박힌 쐐기가 천천히 물러났다.

우쿄는 최대한 허리를 뒤로 뺀 채로, 마치 나에게 보여주기라도 하듯 항문 전용이라고 적힌 병을 기울여 서로의 몸이 만나게 될 그 부위로 천천히 액체를 떨어뜨렸다.

강아지처럼 앞으로 엎드린 자세로 숨을 헐떡이고 있던 나는 그곳에서 느껴지는 차가운 감촉에 움찔 몸을 떨었다.

"실제로 사용해 보니 핫타입이었으면 더 좋았을 거라고 생각해?"

그의 속삭이듯 나지막한 질문에 내가 채 답하기도 전에 스르륵하고 쐐기가 꽃봉오리 안으로 더 갈 수 없을 때까지 밀어닥쳤다.

"아, 아, 앗…… 흐, 흐윽 흑……!"

질퍽한 소리가 나기 시작하자 나는 시트를 잡고 있던 손으로 양쪽 귀를 막았다.

이 음탕한 소리마저 복도로 새어 나가고 있으면 어쩌나 하는 걱정이 뇌리에 스친다. 우쿄가 방에 있는 동안은 늘 복도에 누군가는 보초를 서고 있음을 알고 있기 때문이다. 두 번이고 세 번이고 격렬하게 맨 안쪽까지 관통당할 때마다 나의 허리는 이리저리 춤을 추고 있었다.

"아, 거, 거기는…… 아, 아앗!"

그가 요 며칠 만에 완전히 파악한 나의 성감대를 완급을 조절하며 공격하자, 나는 부끄러움도 체면도 없이 달아오른 신음을 내지르며 일찌감치 정액을 쏟아냈다.

내가 사정하는 동안에도 우쿄는 쉬지 않고 나의 좁은 통로를 오가는 동시에, 나의 전립선을 집중적으로 자극했다.

"안 돼, 제발 그만…… 나 사정하고 있…… . 아, 아앗…… 그만 좀……!"

압도적인 자극에 머리가 이상해질 것 같아 나는 희뿌연 액체를 튀기며 간청했다.

하지만 우쿄는 '사정해 버려' 하고 한마디만 내뱉을 뿐,

허리의 움직임을 멈추지 않았다.

은밀한 통로를 연거푸 농락당하자, 나의 그것은 막 사정한 후 사그라질 틈도 없이 다시 일어섰다.

그 선단에서는 또 금방 질퍽질퍽 꿀이 흘러나와 음란한 소리를 내며 교접한 부위로 흘러내렸다.

"아, 이런, 아침부터 이, 이렇게나, 아, 앗!"

"가게를 안 열거니까 문제없어. 그리고 어젯밤은 안 했으니까 말이야. 너의 이곳에 잔뜩 고여 있는 꿀을 짜내어주지 않으면."

"……그, 그럼 밤에……!"

"토고가 모처럼 신경을 써서 약국에서 이런 것까지 사왔는데 밤까지 기다릴 수가 있겠어? 더구나 나에게는 비밀로 해달라고 말했다지?"

움직임을 약간 늦추면서 우쿄가 나에게 말한다.

"별스럽게 사양해서는 안 된다고 생각한 것 같다…… 두 녀석이 그러더군. 사양하지 않아도 된다면 아침부터 마음껏 즐긴다 해도 불만은 없겠지."

비밀로 해주겠다고 했으면서!

다른 곳에 들렀던 사실이 들킨 마당에 더 이상 숨길 필요는 없다고 생각했던 걸까.

'소가베 씨와 콘도 군, 거기다 타키타 군도. 어디까지 우쿄에게 일러바친 걸까?'

그런 말을 하는 게 아니었는데……. 때늦은 후회다.

"으…… 우, 웃……!"

내 안에서 생동하던 것이 갑자기 느끼는 곳을 빗겨 나갔다.

나는 빗나간 그의 말뚝을 쫓아가듯 허리를 구부렸다.

"어제 데리러 나간 차 안에서 아직 익숙하지 않다고 했다지만, 그래도 꽤나 익숙해진 모양이구나."

나를 놀려대듯이 말하며 우쿄가 몸을 움직였다.

그가 느끼는 곳에 닿을 듯 말 듯 그 주위를 몇 번이고 배회하는 동안, 나의 허리가 어쩌지도 못하고 속절없이 흔들렸다.

"아, 아앗…… 그런 게, 아, 아닌데……."

"익숙해지는 게 싫은가? 스스로 약국에도 가면서?"

"……하지만, 그건……."

"봐, 이렇게 하니까 토고가 내게 더 달라붙는군."

정성껏 통로 안을 면밀히 훑고 있던 그의 말뚝은 마치 확인이라도 하려는 듯 천천히 뒤로 물러났다.

통로의 점막은 분명 그의 몸에 달라붙은 채, 부풀어 오른 그의 말뚝이 훑어가는 만큼 희열을 느끼고 있었다. 우쿄는 나에게 그 사실을 알려주며 서서히 강도를 높여갔다.

관통당하는 느낌에 압도당하여 나는 몸을 뒤로 젖혔다. 내 안에서 우쿄의 건장한 그것이 한층 볼륨을 키운다고 느긴 순간, 뜨거운 물보라가 나의 통로를 적시고 나는 견디다 못해 '아아앗' 하고 절규했다. 가쁘게 숨을 몰아쉬는 나의 다리를 우쿄가 이불 위에 내려놓았다.

나의 아랫배에서는 나의 그것이 발기된 채 아가미처럼 떨고 있었다.

그러나, 팔을 뻗어 휴지를 잡은 우쿄는 내 몸에서 쏟아져 나온 것을 닦아냈다.

"우, 우쿄 씨……?"

'나는 아직인데…… 어째서?'

나는 묻고 싶었던 말을 삼킨 채, 등을 돌린 그를 물끄러미 바라보다.

자리에서 일어난 우쿄는 알몸 그대로 방에서 복도로 이어지는 문으로 향했다.

우키의 등에 그려진…… 살아 숨 쉬는 듯한 입에 구슬을 문 용. 그의 움직임에 따라 그 용도 굽이쳤다.

"어이, 어젯밤 내가 말해둔 쇼핑은?"

우쿄가 문을 살짝 열고 복도를 향해 묻자, '여기 있습니다' 하고 콘도가 대답했다.

다시 방문을 닫고 내 곁으로 돌아온 우쿄는 갈색 종이봉투와 로프 한 다발, 그리고 양 끝에 짧은 사슬과 자물쇠가 달린 가느다란 파이프를 하나 들고 있었다.

"자유가 없는 것은 불만이겠지만 그건 다 너의 안전을

위해서다. 내가 그렇게 말했을 때 너도 알겠다며 약속했었지? 약속을 어긴 너에겐 벌을 줄 수밖에 없어."

나를 내려다보며 그렇게 말하고 우쿄는 봉투를 뜯어 뒤집었다.

내 눈앞에 떨어지는 물건들로부터 나는 황급히 시선을 돌렸다.

'아, 아니, 왜…… 저런 것들을……?'

우쿄를 만날 때까지는 아무 경험이 없었던 나도 떨어진 몇 가지 물건들, 특히 모조남성기는 그 용도를 상상할 수 있었다.

"이건 로터, 그리고 이건 바이브야."

자리에 앉은 우쿄는 투명한 패키지에 들어 있는 물건들을 하나씩 꺼낸다.

"토고는 나와의 잠자리를 위해 여러모로 걱정해 주고 있는 듯하니까 말이야. 너에 대한 처벌도 이것으로 하면 일석이조겠지?"

그는 이렇게 말하고는 투명한 돌기가 무수히 박힌 타원형의 작은 로터에 전지를 넣고 다이얼을 손가락으로 돌렸다.

방 안에 윙 하는 모터 소리가 울리면서, 로터의 돌기들이 자잘하게 떨렸다. 우쿄는 그것을 나의 발기된 곳으로 가져와, 마치 놀라서 바라보고 있는 듯한 나의 선단에 가볍게 접촉시켰다. 순간 나의 그것이 잡혀 올라온 생선의 아가미처럼 부들부들 떨렸다.

"흑…… 아아, 아앗!"

탱탱 부풀어 있는 나의 그것으로부터 정액이 쏟아져 나왔다.

몸을 일으키며 오늘 두 번째 사정을 해버린 나의 그것에 우쿄는 연한 물빛 고리를 끼웠다.

나를 자리에서 일어서도록 이끈 우쿄가 베개를 바닥에 집어 던졌다.

"토고, 저 베개가 있는 곳으로 가."

그가 내던진 베개는 방 안의 기둥이 있는 곳에 떨어졌다.

나는 그가 말한 곳으로 가서 지시대로 베개를 허리에 대고 앉았다.

그는 그곳에 있던 꽃병을 한쪽으로 치운 뒤, 아무 말도 없이 나를 검게 윤이 나는 기둥에 붙들어 묶었다.

"저, 우쿄 씨? 도대체 무엇을……?"

나는 그에게 물으며 몸을 좌우로 버둥거렸다.

기둥 뒤로 손을 묶은 로프는 물론, 상반신을 묶은 로프도 매듭이 느슨해질 기색은 전혀 없었다.

"벌이라고 말했을 텐데. 오늘 하루, 이것으로 너를 징계하는 거야."

종이봉투에 든 물건들과 파이프를 손에 들고 다가온 우

쿄는 내 발목을 붙잡고 가랑이를 크게 벌렸다.

"무슨……?! 싫엇, 이런……!"

내가 놀라고 있는 사이에 그는 파이프의 양끝에 있는 자물쇠로 내 발목을 구속해 다리를 움츠리지 못하게 했다.

허둥지둥 다리를 움직여 봤지만, 파이프와 자물쇠 사이의 짧은 사슬이 딸깍딸깍 소리를 낼 뿐이다. 물론 움직인다고 해서 쇠사슬이 끊길 리도 없다.

"우쿄 씨, 제발! 풀어주세요……!"

그는 안 된다고 대답하며 나의 좌우 무릎에 각각 밧줄을 걸어 기둥 뒤에 재빠르게 붙들어 맸다.

이, 이런 모습…… 부끄러워 죽을 지경이다!

내 어깨 너비보다 더 벌려놓은 무릎은 아무리 발버둥 쳐도 좁혀지지 않았다.

열심히 몸을 비틀어 보지만 허리 아래 받쳐 놓은 베개만 이리저리 움직일 뿐.

"이건 약속을 어긴 벌이니까……."

이렇게 말하면서 우쿄는 코드가 두 갈래로 갈라진 작은 로터를 나의 좌우 젖꼭지에 테이프로 고정한 후, 상반신을 묶은 밧줄 사이에 컨트롤러를 끼웠다.

아까 나를 사정하게 만든 돌기들이 잔뜩 있는 로터도 테이프로 가랑이에 고정시켰다. 그는 남성성기가 달린 자줏빛의 무선 바이브와 눈부신 핑크색 구슬들이 세로로 연결된 코드를 내 눈앞에 내밀었다.

"이제 너 스스로 선택해 봐. 토고, 어느 쪽을 원해?"

"그, 런…… 선택할 수 없어요! 애초에, 그, 그쪽의 핑크색은 뭔가요?"

"모두 바이브다. 이것은 보통 바이브이고 이것은 항문 전용인 것 같군."

설명을 마친 우쿄가 '어느 쪽이지?' 하며 고개를 갸웃거린다.

으…… 어느 것도 고르고 싶지 않다.

어느 쪽도 선택하지 않는다는 선택이 있다면 그러고 싶지만, 선택은 두 가지밖에 없다. 나는 할 수 없이 그가 내민 두 개의 바이브를 비교해 봤다. 항문 전용이라니까 아무래도 그편이 나을 것 같았다.

게다가 남성 성기를 본뜬 물건보다는 구슬을 엮어 놓은 듯한 바이브가 더 가늘다.

"아…… 그, 그 핑크색으로……."

알았다고 고개를 끄덕인 우쿄는 물티슈를 가지러 갔다.

그는 정성껏 분홍색 바이브를 닦고 나서, 내가 어제 사온 한방 배합 젤의 네모난 케이스에서 튜브를 꺼냈다.

그리고는 손가락 끝에 짜낸 젤을 바르면서 나한테로 돌아왔다.

우쿄는 분홍색 바이브를 나에게 보여주듯이 내 앞에 내

밀었다.

젤이 발려진 분홍색 바이브는 방 안으로 쏟아지는 겨울 아침 햇빛을 받아 반들반들 요염하게 빛나고 있었다.

부끄러웠지만 그만 말똥말똥 응시하고 말았다.

자세히 보니 분홍색 바이브에는 손잡이 부분이 없고, 세로 일렬로 연결된 구슬들이 서서히 커지는 형태를 하고 있었다. 게다가 단순히 구슬들이 연결된 형태라고 생각했는데, 각각 세 개씩의 선이 들어가 있다. 또한 구슬과 구슬이 직접 연결된 것이 아니라 중간에 원반 모양의 것이 끼여 있었고 거기에도 작은 알갱이들이 붙어 있었다.

"한 지 얼마 안 됐으니, 바로 삽입해도 문제없겠지?"

우쿄의 말투는 늘 물어보는 형식을 취하기는 하지만, 나의 양해 따위는 필요 없는 것 같다.

그는 볼이 다다미에 닿을 정도로 낮게 엎드린 채, 손에 든 그것을 좀 전까지 자신의 말뚝이 드나들던 곳으로 가지고 왔다.

나는 순간 숨을 죽였다. 하지만 핑크색 구슬들은 내가 예상한 것처럼 차갑고 딱딱한 감촉이 아니라, 훨씬 부드럽게 내 몸속으로 삽입되었다.

'그러나 우쿄의 그것과는 다르다⋯⋯.'

무기물의 감촉이 내 몸속에 전해져 왔다.

하나의 구슬을 삼키면 나의 그곳은 일단 입을 오므렸다

가 알갱이들이 붙은 원반 모양에 의해 다시 열리고, 그다음 구슬을 맞아들이기 위해 다시 입을 열었다.

스륵스륵 밀고 들어오는, 뭐라고 말할 수 없는 그 감촉에 나는 허리를 움찔거렸다.

그 순간, 내 몸속을 관통하던 분홍색 바이브가 성감대를 자극했는지, '하앗!' 하고 나는 뒤집힌 목소리의 신음을 내지르고 말았다.

후훗 하고 웃은 우쿄가 장난스럽게 바이브를 그곳에 몇 번이고 문질러 댔다.

"아, 앗……. 그만……."

피해보려고 허리를 들어도, M자 모양으로 다리를 벌린 채 기둥에 묶인 내 몸은 자유롭지 못해 그저 살짝 베개에서 떨어지는 게 고작이었다.

다시 불끈 하며 머리를 쳐드는 나의 그것을 본 우쿄는 나머지 부분도 단숨에 안쪽까지 밀어 넣었다.

스륵스륵 하고 삽입되는 감촉에 나는 견디다 못해 '아앗' 하고 소리를 질렀다.

"안 돼……. 빼, 빼주세요, 우쿄 씨."

"무슨 말을. 소리를 지르는 건 아직 일러."

입가에 미소를 띤 우쿄가 하얀 코드의 끝에 있는 컨트롤러를 손에 들었다. 윙 하는 소리가 들린 그다음 순간, 내 눈은 휘둥그레진다.

"아, 아아아! 그만, 제발…… 우쿄 씨……."

내 몸속 깊숙이 박힌 것이 바르르 떨고 있었다.

나를 자극하고 있는 분홍색 바이브가 나지막한 모터 소리를 냈다.

"아, 이, 이런 건 싫어."

"벌 받는 거잖아. 참아야지, 토고. 게다가 이걸로 끝이 아니라고?"

다시 한 번 윙 소리를 내며 몸 안의 그것이 술렁술렁 움직이기 시작했다.

불규칙하게 움직이는 분홍색 바이브가 나의 내벽을 문질러 댔다.

"아, 아앗…… 그만, 속이 울렁거려서……!"

구슬에 연결된 선이나 원반의 알갱이들이 가늘게 떨리면서, 그 은밀한 내부와 전립선을 문질러 자극했다.

주어지는 자극에 반사적으로 몸을 뒤로 젖혀도, 검게 윤이 나는 기둥에 막혀 결국 바이브를 더욱 깊이 삼키게 되는 것이다.

"아, 아앗…… 우쿄 씨…… 요, 용서해 주세요……."

신음 섞인 나의 간청에 그는 '안 돼' 하면서 또 다른 컨트롤러를 잡았다. 양쪽 가슴에 붙은 작은 로터와 가랑이에 붙여진 돌기들이 붙어 있는 로터가 거의 동시에 윙 소리를 냈다.

"싫어어어엇, 아, 앗······ 아, 아, 아앗······. 안 돼! 우쿄 씨, 그만······."

전신이 부들부들 떨렸다.

너무나 강한 쾌락에 못 이겨 흘러나오는 눈물을 우쿄의 혀가 닦아냈다.

"갑자기 제일 높은 강도로 하는 건 역시 무리인가? 토고, 어제 일을 반성하고 다시는 그러지 않을 거라고 맹세할 수 있겠나?"

"매, 맹세해요! 맹세할 테니······ 제발 그만······."

어쩔 수 없다고 중얼거리며 우쿄는 두 바이브의 볼륨을 낮추었다.

자극이 약해져 안심은 했지만, 미약한 진동은 계속되고 있었다.

"픽업도, 경호도, 허가 없이 외출해서는 안 된다는 것도 다 너의 안전을 지키기 위해서다. 아무 데도 나가서는 안 된다고 말하는 것이 아니니까 혼자 멋대로 행동하는 것은 절대 하지 말아줘."

성인용품의 자극에 시달리면서도 나는 지금 우쿄의 말이 나에게 내리는 명령이 아님을 깨달았다.

우쿄가, 나에게 부탁하고 있어?

하지 말아줘, 라는 말뿐만이 아니다.

목소리에도, 나를 바라보는 시선에도 간청하는 기색이

배어 있었다.

처음 느끼는 성인용품의 자극에 귀와 머리가 이상해진
건가 하고 순간 생각했지만, 아무래도 그렇지만은 않은 듯
하다.

"부자유스럽다고 생각할지도 모르지만, 우리에게 적대
적인 조직의 동향도 신경 써야 하거든. 마음대로 돌아다니
다가 칼에 찔리거나 사살되거나 납치나 감금을 당하면 어
쩔 거야. 너도 일부러 그런 건 아니겠지? 토고, 난 너를 잃
고 싶지 않아."

"아, 아, 알았으니까, 이제 그만……."

"토고. 나는 너를 깊이 사랑하고 있어."

갑작스런 고백에 나는 '네?' 하며 그를 바라봤다.

"오다기리도, 소가베도, 너를 따라다니는 타키타나 콘도
도 너에 대한 나의 마음을 잘 알고 있다. 너는 나에 대한 그
들의 충성심과, 내 마음에 대한 그들의 이해심, 그 양쪽을
다 이용한 것이다. 그런 건 모르고 했다 해도 나와의 약속
을 어긴 것은 사실이다."

그러면서 우쿄는 두 개의 로터 리모콘을 다시 만졌다.

두 종류의 로터에서 보내는 자극이 강해지면서 '응, 흐
윽' 하는 신음이 나의 코에서 새어 나왔다.

"앞으로 너를 지켜주기 위해서라도 너에게 제대로 위기
감을 심어주지 않으면 안 된다. 그래서 지금 나는 너에 대

한 벌을 중지할 생각이 없어."

"그런……."

입을 떼려는 내 입술에서 마냥 달아오른 신음이 새어 나왔다.

다다미에 한쪽 무릎을 꿇은 우쿄의 손에 이미 리모콘은 들려 있지 않았지만, 가슴과 사타구니에 올려놓은 로터가 갑자기 진동 폭을 바꿨다.

"응? ……앗, 또 강해져……!"

"강약의 조절이 없다면, 토고도 즐겁지 않겠지? 그래서 너에게 페니스 링을 낀 거야. 계속 강하기만 해서야 괴로울 뿐이지."

"……페, 페니스 링이라니…… 이게……?"

나는 처음에 장착된 용도를 알 수 없던 사타구니의 그 링을 보면서 물었다.

"아, 그래, 고리를 낀 거야. 그것을 빼주지 않으면 토고는 사정할 수 없어."

"……앗, 우쿄 씨, 빼, 빼주세요……."

벌이니까, 하고 대답한 우쿄가 갑자기 문을 향해 '뭐야?' 하고 소리쳤다.

누, 누구지? ……아, 그래, 보초가 있었다.

누군가 복도에서 우쿄에게 '죄송합니다만'이라고 했고, 그와 동시에 문이 열린지도 알 수 없을 정도로 방문과 문틀 사이에 작은 틈이 생겼다.

"저, 두목…… 이제 슬슬 시간이……."

들려오는 콘도의 목소리에 나는 입술을 꽉 다물었다.

"으…… 으으읏……."

분명 내내 듣고 있었겠지……?

이제 와서 새삼 소리를 죽인다고 해서…….

그건 알고 있지만 문틈을 통해 그대로 들릴 거라 생각하
니 입술을 다물 수밖에 없다.

"조금만 더 기다리라고 전해, 콘도"

"두목, 이 선생과의 약속에 늦어도 괜찮나요?"

"……뭐야. 오다기리, 너도 거기에 있었던 거야?"

"지금 막 도착했습니다."

문 저편에서 오다기리가 대답한다.

"토고 씨와 떨어지기 싫으신 마음은 알겠습니다만……."

어쩔 수 없다고 중얼대며 우쿄가 일어섰다. 아랫도리를
닦아내고 재빠르게 옷을 입은 그는 콘도에게 말했다.

"이 방은 내가 돌아올 때까지 출입금지야. 모두에게 그
렇게 말해. 그리고 콘도, 너는 이대로 보초를 서고 있어라."

문 너머로 콘도가 '히익, 정말입니까?!' 하고 소리쳤다.

넥타이를 매고 재킷을 입은 우쿄는 자극에 못 이겨 몸을
꿈틀대고 있는 내 앞에 한쪽 무릎을 꿇었다.

"아…… 우, 우쿄 씨, 제발, 앗……!"

우쿄는 손가락으로 나의 턱을 들어 올리더니 간청하고 있는 나의 입에 자신의 입술을 포갰다.

입속의 침입자는 나의 혀를 가볍게 접촉했을 뿐이다. 곧 입술을 뗀 그는 '다녀올게' 하며 일어섰다.

"앗, 뭐라고요……? 우쿄 씨, 잠깐만……!"

"명백하게 이변이 일어난 경우가 아니면 절대로 들어서는 안 된다."

성큼성큼 방을 가로지른 우쿄는 그렇게 말하고 문 저편으로 사라졌다.

"동정도 금지다. 스위치를 끄거나 하면 너에게도 토고와 같은 벌을 줄 테니까. 그렇게 알고 있어, 콘도."

닫힌 문 너머로 명령을 내리고 있는 우쿄의 목소리가 점점 멀어져 갔다.

세 종류의 성 기구에 몸을 떨고 있는 나를 구해줄 수 있는 사람은 이제 이 집에는 아무도 없었다.

*　　　*　　　*

"아, 아아앗……! 요, 용서해 주……."

나 외에는 아무도 없는 줄 알면서도, 용서해 달라는 말이 입에서 튀어나오고 있었다.

문 너머에 콘도가 있긴 하지만, 그로서도 아무런 방법이 없다는 걸 나 역시 잘 알고 있다.

그러면서도 참지 못하고 나는 '부탁이야!' 라고 외쳤다.

아아앗, 사정해 버리고 싶은데……!

사타구니에 끼워진 연한 하늘색의 무심한 링이 내 사정을 막고 있었다.

불끈거리는 그곳으로부터 하염없이 흘러나오는 뭔가가 나의 은밀한 꽃봉오리를 적시고 있었다.

"크윽, 아, 싫어, 그만……!"

몸속에서는 항문 전용 바이브가 진동하면서 술렁술렁 움직이고 있다.

젖꼭지와 불끈대는 그곳에 올려놓은 돌기형 로터와 그곳에 삽입된 바이브는 나에게 이미 쾌락을 넘어서 고통을 가져다주고 있다.

로프를 풀어보려고 몇 번이나 시도해 보았지만, 아무리 허우적거리며 발버둥 쳐보아도 매듭이 느슨해질 기미는 없고 기둥에 머리와 어깨를 부딪칠 뿐이었다.

"자, 잘못했으니까…… 우쿄 씨…… 이제……."

그는 아직도 돌아오지 않은 걸까.

어쩌면 이미 돌아왔으면서도 나를 벌주려고 방치하고 있는 건 아닌가 하는 생각이 들었다.

"다, 다신 안 그럴 테니, 요, 용서…… 저, 제발……."

랜덤으로 설정된 도구는 예고 없이 강도를 바꾸어 나를

더 미치게 했다.

아, 빼줘…… 바이브, 싫엇……!

바이브는 더욱 강한 진동으로 나의 안쪽을 격렬하게 어지럽히고 있었다.

"아아아앗, 안 돼……. 거긴, 싫어! 갈 수 없으니까, 안 돼……!"

구슬로 이어진 선과 원반형에 달려 있는 돌기들이 나의 전립선을 파내기라도 하듯 문질러 댄다.

나는 조금이라도 각도가 바뀔 것을 기대하고 아주 살짝 허리를 들었다.

하지만 아무리 엉덩이를 흔들어도 각도는 변함이 없고, 오히려 바이브는 내가 흔들어대는 만큼 더 나의 성감대를 자극했다.

"흐흐흑…… 아아앗……!"

부끄럽다거나 수치스럽다고 말할 여유조차 없었다.

뺨을 적시던 눈물이 말랐다가 또다시 흘러내리는 동안, 나는 마냥 용서를 구하며 헐떡일 뿐이다.

"죄송해요. 이제 다시는 안…… 안 그럴 테니, 제발, 우쿄 씨!"

여기에 있지도 않은 우쿄에게 사과를 하던 나의 눈앞에서 갑자기 벌컥 문이 열렸다. 우쿄가 돌아온 것이라고 생각했던 나는 본 적도 없는 청년이 들어온 것을 알고는 '앗!'

하고 비명을 질렀다.

"잠깐만요. 마모루(衛) 씨, 안 돼요!"

당황한 듯한 목소리가 들리더니 복도로부터 만류하듯 콘도의 팔이 뻗어 나왔다. 하지만 마모루라고 불린 곱슬머리의 청년은 어깨를 붙잡으려는 콘도의 손을 슬쩍 피하더니, 흐트러진 이불을 밟고 다가왔다.

"……이 애는 누구야? 왠지, 묶인 채로 울고 있는데?"

"그분은 토고 씨입니다. 두목의 소중한 사람입니다."

"아아 그래, 사나다(眞田)가 뭔가 이야기했던 것 같군."

나를 내려다보고 있던 청년은 납득이 간다는 듯, 손으로 쿵 하고 바닥을 쳤다.

몸속에 삽입된 바이브의 볼륨이 마치 그 소리에 반응이라도 한 듯 약해진다.

"이 아이가, 그렇구나…… 어라? 불쌍하다고 생각했는데, 그렇지도 않은 것 같네?"

그렇게 말하며 다다미 위에 허리를 낮춘 그는 나의 발기된 선단을 손가락으로 슬쩍 어루만졌다.

"굉장해. 탱탱하고 매끈하군."

"앗…… 앗, 안 돼! 마, 만지지 말아주세요."

"이거, SM 놀이 하는 건가?"

"아, 아닙니다. 난, 그런 거, 전혀……. 싫, 또, 또 와앗."

위이이잉 하는 소리가 나면서 다시 볼륨이 커지기 시작

한 성 기구를 보고 숨을 한 번 삼킨 청년은 부들부들 떨면서 헐떡이고 있는 나를 흥미롭다는 듯이 바라보았다.

"마모루님, 제발 나와주십시오. 전 방에 들어갈 수 없으니까."

복도로부터 콘도의 목소리가 들려온다.

그는 콘도의 간청을 무시하듯 어깨를 으쓱거리다 말고, 젖꼭지에 놓여 있던 로터의 컨트롤러를 집어 들었다.

"이걸, 이렇게 하면 어떤 느낌이지?"

묻자마자 젖꼭지에 미약한 자극을 보내고 있던 로터의 진동이 높아졌다.

"으, 흐, 으흣…… 아, 앗, 안 돼, 싫어, 너무 강……."

"아프다는 거야? ……하지만 이렇게 꿀이 넘쳐흐르고 있고, 역시 기분 좋아? 여기 삐쭉삐쭉 나와 있는 것은…… 아, 이걸 이렇게 하면 세지는 건가?"

"아, 앗, 그만……! 아, 콘도 군…… 콘도 군 살려줘!"

나는 참다못해 콘도를 불러보았지만, 콘도는 '으으으, 이를 어쩌지?' 하며 복도에서 끙끙 거릴 뿐, 방에 들어오려는 기색은 없었다.

이변…… 이게 이변이잖아!

명백한 이변이 있는 경우가 아니라면 신경 쓰지 말라고 우쿄가 명령한 것을 나도 알고 있다.

하지만 아무도 들어가지 말라고 한 방 안에 누군가 침입한 건 이변이라 할 수 있을 것이다.

"아, 콘도 군! 이 사람이 나를……."

"토고 씨, 죄송해요! 알고 있습니다만, 두목이 절대 들어가지 말라고 해서……. 저, 그리고 토고 씨, 지금 방에 들어간 사람은 침입자가 아니라 두목의 형 되시는 마모루님입니다!"

'뭐? 우쿄 씨의 형이라구?'

그 말을 듣고 보니 눈매가 왠지 우쿄와 비슷했다.

그에게 마모루라는 형이 있다는 이야기는 오다기리에게서 들었다.

"아아, 어쩌면 좋지! 마모루님은 조직원이 아니지만, 방에는 누구도 들어가서는 안 된다고 했는데……. 토고 씨, 당장 두목하고 사나다씨에게 연락을 해볼게요!"

누구한테라도 좋으니까 도움을 청해달라고 외치고 싶다. 그 순간 나의 꽃봉오리에 마모루의 손가락이 닿았다.

"여기 핑크색 코드가 있네……. 좀 움직여 봐도 돼?"

"아. 안 돼, 안 돼!"

자세를 낮춘 마모루의 손이 코드를 꽉 잡아당긴다.

스륵 하며 구슬 하나가 빠진 순간 나는 크게 눈을 떴다.

"……아니, 아! 그만둬, 그만……."

"뭐야, 이거? 구슬 같은 게…… 앗, 헤에, 이어져 있구나?"

"야아아아앗! 안 돼, 당기면……."

움츠러든 곳이 떨리며 구슬 모양대로 열리며, 주르륵 바이브가 빠져나왔다.

'재미있네'라고 중얼거리며 청년은 빠져나온 바이브를 다시 안으로 밀어 넣는가 싶더니 단번에 그곳으로부터 뽑아내 버렸다.

그런 식으로 몸속의 구석구석을 누비면서 바이브는 꽃봉오리를 넓혀 나가고 있다.

"……!"

눈앞이 하얗게 불타오르는 듯하더니, 신음 소리조차 나오지 않았다.

검게 윤이 나는 기둥에 매달려 경련을 일으키는 가운데, 팽팽히 부풀어 오른 나의 그것은 정액의 출구를 찾지 못해 날뛰며 맴돌고 있었다.

"아, 아팠어? 미안."

"토고 씨, 지금 두목과 사나다 형님에게 연락을 취할 겁니다. 마모루님, 너무 심하게 하시지는 마세요. 나중에 두목한테 꾸중 들을 거예요!"

당황한 콘도의 말에 '괜찮아' 하고 마모루가 대답했다.

아니, 괜찮은 게 아니잖아!

'이왕이면 그곳에 씌운 링도 빼 주면 좋겠는데……' 하고 생각하면서, 나는 거친 호흡을 내쉬었다.

"정말 미안해, 토고 군. 바로 원래대로 해놓을게."

"에에?! 뭐라구요……?"

내가 미처 그만두라고 말하기도 전에 마모루는 재빨리 '이러면 되지?' 하면서 항문 전용 바이브를 다시 쑤우욱 하고 밀어 넣었다.

"아! 아아아앗……!"

스위치가 켜진 채, 바이브는 선회하면서 내 몸속을 비집고 들어갔다.

그 바람에 반사적으로 머리를 기둥에 쿵하고 부딪치는 나를 마모루가 물끄러미 바라봤다.

"토고 군, 괜찮나? 세게 부딪친 거 같은데……. 그래도 너무 좋아서 그런 거니까 아프지는 않겠지?"

마모루는 그렇게 물으며, 내가 대답할 여유도 없이 나의 그곳에 갖다 댄 로터의 스위치를 갑자기 껐다.

그때 문 저편에서 '사나다 형님, 마모루님이 방 안에!!' 하는 콘도의 목소리가 들려, 나는 후우 안도의 숨을 내쉬었다.

사나다란 사람이 마모루를 데리고 나가준다면……. 그렇게 기대하고 있는 내 귀에 사나다의 입장을 필사적으로 저지하는 목소리가 들린다.

복도에서 들리는 소리 따위는 신경도 쓰이지 않는 듯, 마모루는 나의 그곳에 올려진 로터를 신기한 듯 바라보고 있었다.

잠시 가만히 바라보고 있던 마모루는 아픈 만큼 쾌락 또한 참아내고 있는 나의 것에 가느다란 손가락을 뻗어 돌기형의 로터를 떼어내 버렸다.

"이거, 엉덩이에 넣는 쪽이 기분 좋지 않아? 엉덩이에 있던 핑크색의 녀석을 한 번 더 빼내고, 그것보다 먼저 여기 넣어줄까?"

"그, 그만…… 안 돼! 그보다 링을……."

"링? 이 하늘색 말인가?"

마모루의 가느다란 손가락이 나의 그것을 쓰다듬으며 미끄러지더니 밑부분의 링에 도달했다.

나는 머리를 부들부들 아래위로 흔들며 '빼주세요'라고 외쳤다.

"이거, 뺄 수 있나? 헤에에, 어떻게 해야 빠지지?"

호흡이 느껴질 정도로 마모루가 나의 발기한 것에 얼굴을 바짝 갖다 댄다.

그의 뻣뻣한 머리칼 끝이 민감한 기관을 산들산들 간지럽혀서 나의 허리가 흠칫 하고 놀랐다.

"하지만 이거 빼도 돼? 하고 있는 것이 더 기분 좋지 않아?"

"아, 빼, 빼주세요……. 싸, 쌀 수가 없어…… 싸게 해 줘……."

"아아, 그래서 이렇게 벌렁벌렁 하고 있는 거구나."

감탄한 것처럼 중얼거리는 마모루에게는 아무래도 무슨 악의는 없는 듯했다.

이를 입증이라도 하듯, 그의 호기심으로 반짝이는 눈이 나의 사타구니를 바라보았다.

'잘하면 빼줄지도……!'

링만 벗겨준다면…… 아니, 느슨하게라도 해준다면 금방이라도 사정할 수 있을 텐데.

그러나 벗겨지는 순간에 사정해 버리면 내가 사정하는 모습을 마모루에게 적나라하게 보이게 된다……. 그런 우려가 순간 뇌리를 스쳤지만, 사정할 수만 있다면 어찌 되어도 좋겠다는 비참한 욕구가 부끄러움도 체면도 다 뭉개 버린다.

마모루의 손가락이 링의 주변을 탐색했다.

"아아, 이건가?"

나의 사타구니를 가까이 들여다보던 마모루가 곧 왼손으로 나의 그것을 살며시 잡고, 문지르듯이 가볍게 왼쪽으로 돌렸다.

갑작스런 자극으로 사정하고픈 욕구가 치솟았지만, 링 때문에 사정은 역시 허락되지 않는다.

"……마, 마모루 씨, 그만……! 아, 안 돼! 만지지 마세요."

"그렇게 말해도, 만지지 않고서야 무리인걸. 잘 보이지도 않는데……."

"토고 씨, 두목이 돌아오셨어요!"

콘도가 복도에서 질러대는 소리에 나는 하아 하고 숨을 삼킨다.

도구가 벗겨져 있는 걸 보면 우쿄가 화를 낼까?

이것이 그가 내리는 벌이라는 사실을 까맣게 잊고 있었다.

당황하여 마모루에게서 몸을 떨어뜨리려고 했지만, 기둥에 묶여 있는 나로서는 불가능하다.

"마, 마모루 씨, 그만하고…… 떨어지세요! 우쿄 씨가……."

말을 채 마치기 전에 우쿄의 목소리가 들리더니 곧 큰 문이 열리고 그가 모습을 드러냈다.

"마모루? 웬일이야, 안채에 다 오다니."

나의 사타구니에서 고개를 든 마모루는 '아. 어서 와, 우쿄' 하고 웃었다.

마모루와 나를 번갈아 보던 우쿄가 눈썹을 찌푸렸다.

"……그래서, 무얼 하고 있어, 마모루? 아틀리에에 틀어박혀 신작을 그리고 있는 줄 알았는데."

"오늘 아침에 끝났어. 그래서 아침밥을 먹으러 왔다가 네 신부가 집에 왔다는 소릴 들은 게 생각나서……. 그걸

어제 들었나? 그저께였나?"

신부? 으음, 그러니까, 신부라니…… 누구?

고개를 갸웃거리는 마모루를 향해 문 저편에서 사나다가
좀 나와달라고 요청했다.

마모루는 마지못해 '알았어' 하고 대답을 하며, 그제야
얼굴을 나의 사타구니에서 떼고 일어섰다.

"그건 그렇고 깜짝 놀랐어. 우쿄의 신부가 남자라니. 근
데 나, 이 토고 군을 보고 영감이 떠올랐어. 당장 새 작품을
하나 해보려고."

마모루가 허허허 웃으며 종종걸음으로 문을 향해 걸어갔
다.

"어이, 마모루!"

당황한 표정으로 마모루의 가냘픈 어깨를 붙잡은 우쿄의
목소리에는 어쩐지 초조함이 배어 있었다.

"설마 이 모습의 토고를 그대로 모델로 삼겠다는 건가?"

"토고의 모습 그대로는 아니야, 분위기만. 표정은 차용
할게. 묶여 있다는 상황도. 순교자 풍으로 하려고 해."

"아아, 그래? 뭐, 그렇다면 좋아."

그렇게 말하면서 우쿄가 손을 떼자, 마모루는 마음이 이
미 캔버스로 향하고 있는지 무언가 중얼거리면서 방을 나
갔다.

문과 문틀이 가볍게 부딪히는 소리가 나자 우쿄가 한숨

을 내쉰다.

"미안했어, 토고. 마모루는 좀처럼 안채에는 오지 않아서 생각지도 않고 있었는데…… 나의 실수다."

"그건 이제 됐으니까……. 우쿄 씨, 저…… 그보다도 어떻게든 좀……."

위이이잉, 하는 소리가 울려 퍼지는 방 안에는 이제 우리 둘밖에 없었다.

어쩌면 마모루가 벗겨줄지도 모른다고 기대하고 있었던 나의 그곳은 한시라도 빨리 해방되고 싶어 떨고 있었다.

"벌이라는 건 알고 있지만…… 하지만 이젠 한계에……!"

"상대가 마모루이기는 하지만 다른 남자의 눈에 보여 버렸으니까 이걸로 끝내기로 하지. 뭐부터 벗겨줄까? 바이브? 아니면 페니스 링?"

다다미 위에 한쪽 무릎을 꿇은 채, 우쿄가 내 눈을 들여다보며 물었다.

나는 약간의 여유조차 없이 '사정하게 해주세요!' 하고 외쳤다.

"가고 싶어서 참을 수가 없어요……. 그러니까 저, 페니스 링을……."

고개를 끄덕인 우쿄는 왼손으로 나의 그것을 부드럽게 잡고, 오른손 집게손가락을 링 위에 올렸다.

곧 짤까닥 하고 링이 풀린다.

"으, 으으윽…… 시, 싫어. 어째서……?"

링만 벗겨지면 금방이라도 사정할 수 있을 거라 생각하고 있었는데, 욱신욱신 떨리는 고통이 조금 누그러지긴 했지만 사정은 불가능했다.

"아, 가, 가고 싶은데…… 풀어졌는데도……."

"로터와 바이브도 꺼줄 테니, 조급해하지 마."

당황하는 나의 볼에 가볍게 키스를 한 우쿄는 두 개의 컨트롤러로 손을 가져갔다. 젖꼭지를 자극하던 로터와 내 몸속에서 진동하며 요동치던 핑크색의 기구가 움직임을 멈추자, 모터 소리도 곧 사그라졌다.

긴장이 풀린 나의 엉덩이 사이로 우쿄의 손가락이 다가왔다.

방금 전 마모루가 기구를 빼줄 때의 소름끼치던 충격을 떠올리면서, 나의 그곳은 노골적으로 떨며 질퍽질퍽 꿀을 흘려 내보낸다.

빼주겠다고 예고하자마자 주르륵 하고 우쿄는 한 번에 그것을 빼냈다.

"아, 아아앗……! 이제, 흐, 흐윽!"

내벽을 강하게 비비며 밀려나오는 구슬들이 기둥에 묶인 채 허리를 내밀고 있는 나에게 격렬한 사정을 재촉했다.

"아무래도 납득이 안 가……."

나는 나도 모르게 중얼거린다.

"또 시작이군."

턱을 괸 채 다다미 저편에 앉아 있던 마모루는 웃으며 이렇게 말하고 나서, 내가 있는 쪽으로 손을 뻗쳐 책상에 놓인 나의 크로키 연습장을 낚아챘다.

하얀 백지를 펼치고 셔츠의 가슴주머니에 꽂고 있던 펜을 꺼내든 그는 내게 예고도 없이 슥슥 무언가를 그리기 시작했다.

"마모루님, 그건 토고 씨의 작업용이에요. 맘대로 사용하시면……."

언제나 마모루와 함께 행동하는 사나다가 당황한 듯 말하는 것을, 나는 '괜찮아요' 하고 막았다.

얼마 전 오다기리가 마모루에 대해 '그림을 그리기 위해 태어난 듯한 분이다' 라고 말했었는데, 이젠 나도 그게 무슨 뜻인지 알 것 같았다. 그에게 있어서 세상은 그림을 그리기 위해 돌고 있는 듯했다.

마모루는 내가 우쿄에게 벌을 받던 날의 일도 그림으로 그려냈다. 그 그림 속의 인물이 꼭 나라고 단정할 수는 없는 데다 순교자 풍의 분위기로 그려져 있긴 하지만…… 이왕이면 좀 더 평범한 상태일 때 영감을 얻었으면 싶다.

그는 세속에서 벗어나 있다고나 할까, 순진무구하다고 할까?

'우쿄의 형이라고 해도 연하로 보였는데 나랑 동갑이라니 정말 놀랍다……. 아니, 더 놀라운 것은 우쿄 씨가 나보다 세 살 연하였다는 점일까.'

내가 우쿄보다 나이가 많다는 걸 안 것은 연말 인사차 조직의 간부들을 방문하는 길에 동행했을 때이다. 카라스마 파의 총본부 회장이 '카타쿠라 조직의 떠오르는 용은 올해로 스물네 살인가, 아직 젊군'이라고 하기에, 하마터면 '에에? 그럴 리가……'라고 할 뻔했다.

총본부를 나와 다시 차에 탔을 때, 내가 다시 나이를 확인하려 하자 우쿄는 깜짝 놀라는 얼굴로 '이미 얘기하지 않았던가?' 하고 오히려 반문했다.

신년 벽두에 받았던 그 충격을 떠올리며 몰래 쓴웃음을 짓는 순간, 마모루가 연습장에 펜을 끄적거리며, '토고 군, 이다음엔 뭐해?' 하고 물었다.

"지금부터 가게에 가는 거야? 오늘은 정기휴일이잖아?"

"가게가 쉬는 날이라도 할 일은 이것저것 많이 있어요."

"에이, 뭐야. 시간 있으면 초밥이라도 먹으러 가자고 꼬셔볼까 해서 안채에 왔더니."

내가 다음 기회로 하자고 말하자 마모루는 말없이 고개

를 끄덕인다.

기분을 상하게 한 건 아닌지 걱정했지만, 다시 연습장을 향한 그의 눈빛은 진지했다. 나는 걱정은 기우였다고 안도하며 한숨을 내쉬었다.

가게 일로 말하자면…… 알고는 있지만, 역시 납득이 가지 않는다.

오늘은 이 개월 전 내가 우쿄의 집에 올 때까지는 없었던 새로운 정기휴일, 즉 월요일이다. 요즘 서비스 업체로서는 있을 수 없는 일이라고 생각하지만, 올해 연말연시 동안 『야지마 쥬얼리』는 정초의 사흘간은 물론 섣달 그믐날도 영업을 하지 않았다.

'연초부터 한 주의 반인 월, 화, 수…… 사흘이나 문을 닫다니…….'

게다가 영업시간도 예전에는 오후 여덟 시 폐점이었지만, 지금은 한 시간 빠른 오후 일곱 시. 더 황당한 건 오전 열한 시였던 개점시간이 지금은 오후 두 시로 바뀌었다는 것이다.

발단은 우쿄의 권유로 처음 『야지마 쥬얼리』를 찾은 마모루가 '우쿄한테서 경영에 대한 조언을 받으면 좋을 텐데'라고 한마디 한 것이었다.

생각해 보면 카타쿠라 흥업을 중심으로 다수의 가게와 회사를 운영하고 있는 우쿄에게 조언을 구한다는 것은 너무나 당연한 일이기도 해서, 솔직하게 조언을 구한 결과 이렇게 되어버린 것이다……. 하지만 이런 식으로 하는데도 어째서 이전보다 매출이 늘 수가 있는 건지 나로서는 알 수가 없다. 아무튼 경영자인 나로서는 경영 상태가 조금이라도 좋아지는 것은 고마운 일이다.

가게 문을 열지 않는 날에 주문품을 세공하거나 디자인을 구상하거나 할 수 있게 되니 가게 운영경비도 줄었다. 유일하게 우리 가게에서 예전부터 근무해 오던 하야카와도 떠났지만, 그는 다행히 우쿄의 소개로 우리보다 조건이 좋은 업체에 스카우트되었다.

이제 가게의 종업원은 모두 카타쿠라 조직원들이라서 『야지마 쥬얼리』에 정규직원은 없다. 타키타와 콘도에게 약간의 아르바이트 비용을 지불하곤 있지만, 우쿄는 그것조차 '쓸데없는 짓'이라며 쓴웃음을 지었다. 하지만 정규직원으로 근무하던 세 명이 이직해 종업원에 대한 인건비가 줄어든 데다, 일주일에 사 일밖에 영업을 안 하다 보니 운영경비는 예전에 비해 확실히 줄었다.

우쿄의 밀회 상대들과 거래하고 있는 만큼 예전보다 매출이 오르고 있는 것도 당연하다고 생각하기엔, 여전히 예전처럼 통근길을 지나다니는 회사원이나 오피스레이디들, 그리고 이전부터의 단골고객들이 중심이라서 더더욱 불가사의한 면이 있다.

"토고 군, 그거 정말 보기 드문 가게가 되어가고 있잖아?"

나의 연습장에 그림을 그리며 펜을 끄적이고 있던 마모루는 종이에서 눈도 떼지 않은 채 '다행이잖아' 하며 미소 지었다.

'마모루 씨의 말대로 결과로 보면 전보다 훨씬 낫다.'

우쿄는 정기휴일을 늘린 만큼 신작에 힘을 쏟으라고 말했다.

저렴한 혹은 부담이 적은 가격의 상품을 늘리고자 하던 이전의 전략은 지금도 그대로 지속해 나가고 있다. 이것은 『K 파이낸스』로부터의 융자, 그리고 우쿄와 이 선생을 통해 구입루트를 개척할 수 있었기에 가능한 일이었다.

납득할 수 있는 근거는 있어도 역시 석연치가 않다.

그 이유는 알고 있다. 이런 식으로 어딘가 불편을 느끼는 것은 내가 원래의 경영방식에 집착하고 있는 탓일 것이다.

"토고 씨, 오래 기다리시게 해서 죄송합니다. 차가 준비되었습니다."

막 나를 데리러 온 타키타를 보자, 그때까지 잠자코 마모루 뒤에서 기다리고 있던 사나다가 내게 연습장을 돌려주라고 마모루에게 재촉했다.

페이지가 펼쳐진 채 돌려받은 연습장에는 미완성이지만 '순교자 2'라는 제목의 새로운 밑그림이 힘 있는 필치로 그려져 있었다.

*   *   *

이달의 첫 영업일인 2월 4일, 목요일이다.

개점 하자마자 나는 가게 안으로 들어갔다.

"……으! 아아아얏……!"

나는 심한 근육통이 온 거라 생각하며 팔과 허벅지를 주물렀다.

'우쿄 씨, 그런 체위는 역시 힘들어.'

마음속으로 불평을 하면서도 돌이켜 생각하니 낯이 뜨거워진다.

어젯밤은 양팔을 이불 위에 올리고, 책상다리를 한 우쿄 위로 기마자세를 한 채 아래에서 철저히 침범당했다. 부끄러우면서도 그 쾌감이란……. 하지만 팔도 허벅지도 시큰거렸다. 다 끝난 후에 불평을 하자 우쿄는 미안하다고 했지만 나를 끌어안은 그의 얼굴은 확실히 웃고 있었다.

온몸이 키스마크 투성이인 데다 전날 밤에 느꼈던 감각이 사지에 여전히 남아 있는 오늘 같은 날, 매장에 나가 있지 않아도 된다는 건 고마운 일이다.

최근에는 공방을 겸하고 있는 사무실에 틀어박혀 있는 경우가 드물지 않았다. 타키타와 콘도도 접객에 익숙해졌고, 새로운 해가 밝으면서부터 『야지마 쥬얼리』에 합류한 가타쿠라 조직원 미키(御木)에게 매장 업무를 맡기는 경우가 많아지고 있다.

미키로 말하자면 원래 나의 동업자였던 사람답게 보석에 대해서도 조예가 깊었다. 인상이 좀 악당 두목 같기는 하나, 중국어에도 능통한 일류대학 출신의 인텔리 야쿠자인 그는 이 선생을 통한 구입루트의 창구 역할도 하고 있다.

이 세 사람이 가게 안에 모이면 여기가 『야지마 쥬얼리』라고 알고 있는 나조차도, 호스트 클럽 같은 곳과 착각하고 있는 것은 아닌가 생각해 버리고 만다. 그것은 가게에 오는 여성 손님들도 마찬가지인 듯해서, 최근에는 그들의 얼굴을 보거나 목소리를 듣거나 할 목적으로 방문하는 손님들도 있을 정도다.

다만 무리하게 강매하지는 말라고 말해두었기 때문에, 그들도 무리한 판매는 하지 않는다.

그런 면에서는 우쿄의 교육이 유효한지 세 사람 모두 나를 무시하는 경우는 아직 한 번도 없었다.

직접 응대할 수 없는 손님이 오면 나를 부르지만, 오래된 단골고객이 갑자기 훌쩍 방문할 때를 제외하면 그런 경우는 좀처럼 없었다.

"자, 이걸 어떻게 할까……?"

공방의 의자에 걸터앉아 중얼거리며 나는 연습장을 펼

쳤다.

결혼기념일인 히나마츠리(여자 어린이들의 무병장수와 행복을 빌기 위해 해마다 3월 3일에 치르는 일본의 전통축제)에 부인에게 주는 반지, 화이트데이에 스무 살 생일을 맞는 딸에게 줄 선물반지라……?

개점 직후에 사무실로 전화를 한 고객은 이 두 가지가 자연스러운 짝을 이루도록 만들어 달라는 주문을 했다.

이 고객은 가게에 경찰이 다녀간 뒤 '비록 이런 거밖에 해줄 수 없지만……' 하며 상품을 몇 점 구입해 준 고객으로, 장물 소동이 있고 나서 처음으로 매출을 올려준 사람이기도 하다.

그는 옛날부터 드문드문 그러나 꾸준히 손님으로 찾아와 주었다. 돌이켜 보면 폭넓은 인간관계를 가진 그 신사는 장물 사건 이후 우리 가게에서 쇼핑을 주저하는 단골들에게 믿음을 주기 위해 가게를 찾아준 건 아닐까.

"보답의 의미도 담아 성의껏 해드려야……"

나는 스스로에게 기합을 불어 넣으며 그리다 만 디자인을 계속했다.

흩어져 있는 생각의 조각들을 다시 하나로 모으기 위해 잠시 집중하고 있던 나는 갑자기 열리는 사무실 문에 움찔하고 놀랐다.

꿈에서 깨어난 기분으로 눈을 드니 사무실로 들어온 것

은 매장에 있던 미키였다.

'휴식시간 좀 갖겠습니다' 하는 그의 말에 몇 시인가 하고 벽시계를 올려다보니, 저녁 다섯 시를 지나고 있었다.

"벌써 시간이 이렇게 되었네……. 집중하고 있으면 시간이 순식간이야."

"일이 순조롭게 되고 있다는 것 아니겠습니까, 토고 씨."

인스턴트커피를 타고 있던 미키가 김이 오르는 머그잔을 내게 내밀었다.

감사하게 커피를 받아드는 내 손 아래로 미키의 시선이 향한다.

"신제품을 디자인하시나요?"

"아니, 이것은 주문을 받은 거야. 주문전화가 왔었지."

"아. 주문이라고 하니 생각이 나는데, 오늘 도착하기로 한 짐이 아직 오지 않네요."

"저번에 사이 씨한테 전화로 주문한 그건가?"

사이란 이 선생을 통해 개척한 구입루트 중 한 사람이다.

미키는 그렇다고 끄덕이며 철제서류함으로 다가가 장부를 끄집어냈다.

"아, 여기 있네. 『사이 보석 유한공사』……. 이상하네, 역시 도착 예정은 오늘이 맞는데……."

"지금까지 도착 예정일을 못 맞춘 적 있어?"

"아뇨, 없습니다. 거의 항상 저녁에는 도착하곤 했는

데……."

미키가 장부를 손에 든 채 전화에 손을 뻗었다.

『사이 보석 유한공사』에서 구입하는 돌은 주로 비교적 부담 없는 가격대의 상품에 사용하고 있다. 미리 만들어 놓은 틀이나 대에 하나씩 끼워야 하는 작업이 있긴 하지만 가게에 진열되어 있는 물건들 외에도 재고가 있어서, 오늘 중으로 짐이 도착하지 않는다고 해서 특별히 곤란한 것은 없었다.

게다가 가게 문을 닫을 때까지는 아직 시간이 있다.

전화를 걸고 있는 미키에게 그렇게 서둘러 전화하지 않아도 된다고 말하자마자 누군가 방문한 것을 알리는 초인종이 울렸다.

"거 봐. 호랑이도 제 말 하면 온다더니."

나는 웃으면서 자리에서 일어난다.

"사이 씨로부터 짐이 도착한 거 아닐까?"

"아, 제가 나갈게요, 토고 씨."

뒷문으로 향하는 나를 보며 미키가 말했지만, 나는 이미 문 앞이었다. 괜찮다는 말과 함께 웃으며 문을 연 나는 눈앞에 서 있는 남자로부터 짐을 받아서 발아래에 내려놓았다. 택배원 차림에 택배업체의 로고가 박힌 모자를 깊숙이 눌러쓴 그 남자는 '사인해 주세요' 하며 배송전표를 펜과 함께 내밀었다.

나는 그의 특이한 억양을 듣고 일본인이 아니구나 하고 생각면서, 전표와 펜을 받아 사인을 했다.

휴식을 취하고 있던 미키는 내 발밑에 있던 화물을 철제 사무책상으로 옮기더니 즉시 점검을 하기 시작했다.

"점검은 휴식이 끝나고 해도 괜찮아, 미키."

나는 미키를 향해 얼굴을 돌린 채, 택배원에게 다시 전표와 펜을 내밀었다.

그 순간 누군가 내 팔을 낚아챘다. '앗' 하며 다시 얼굴을 돌려 택배원과 그의 뒤에 나타난 두 남자를 본 순간, 나는 후두부에 강한 충격을 받고 의식을 잃고 말았다.

*　　　*　　　*

지끈거리는 두통에 신음하면서 나는 힘겹게 얼굴을 들었다.

여, 여기는…… 음…… 어디지?

어둡다. 꼼짝할 수도 없다.

딱딱한 감촉이 가슴에 닿을 만큼 구부러진 무릎을 누르고 있다.

내 여기저기를 짓누르는 딱딱한 감촉들이 공간의 좁음을 말해주고 있었다.

그리고 왼팔에 쏠린 스스로의 무게로 옆으로 쓰러져 있

다는 것을 알 수 있었다.

"으, 으, 으윽······!"

소리를 지르려 해도 입안에 탁구공 같은 것이 물려져 있어서 바람이 새는 것처럼 희미한 신음이 새어 나올 뿐이다. 실신해 있는 동안 강제로 벌려져 있는 입으로부터 흘러내린 타액으로 나의 턱은 축축하게 젖어 있었다.

'여긴······ 상자 속인가? 도대체 왜?'

불안감에 으스스 떨던 나는 잠시 후 그것이 심리적인 것뿐만 아니라 실제로 추운 탓임을 깨달았다.

스스로를 침착하라고 타이르며 나는 일어난 일들을 차례로 떠올려 보았다. 사무실의 공방에서 주문받은 물건을 디자인하고 있을 때, 휴식시간에 맞추어 미키가 들어왔고 그리고는······?

아, 맞다. 택배원에게 팔을 잡히고 나서 두드려 맞았었어.

눈을 깜빡일 때 속눈썹에 뭔가가 닿는 걸로 보아, 눈가리개를 쓰고 있다는 걸 알 수 있었다. 팔은 뒤로 젖혀진 채 손목끼리 하나로 묶여 있었다.

뭔가 일종의 마찰음이 들리면서 볼에 진동이 전해져 온다.

어디론가 운반되어 가고 있는 듯한데.

'운반되어 간다면 납치됐다는 건가? 그래도 왜 나 따위를?'

의문점들이 하나씩 뇌리를 스쳐 가더니, 급기야 우쿄의 얼굴이 어둠 속에 떠오른다.

허락 없이 마음대로 외출하거나 경호원 없이 산책하지 말라고 한 것도 이런 사태를 걱정한 거로구나.

밖이 아니라 가게 안이었기 때문에 완전히 방심하고 있었던 것이다.

벌렁거리는 가슴에 손이라도 얹어 진정시키고 싶지만, 좁은 공간에 갇혀 손발이 묶인 상태에서는 불가능했다.

내가 불안 속에 꼼짝 못하고 있는 가운데, 계속되던 진동은 몇 번 쿵 소리를 내며 커지다가 갑자기 약해지더니 이윽고 사라졌다.

누군가의 기침 소리가 들리고, 특이한 억양의 말소리가 몇 차례 귀에 와 닿았다.

응? 이건 중국어?

나는 서둘러 귀를 기울여 보았지만, 중국어라면 '니 하오' 정도밖에 모르는 나로서는 상자 밖에서 오가는 대화의 내용을 짐작할 수가 없었다.

그래도 혹시 나도 알아들을 수 있는 말, 가령 누군가의 이름이나 지명이라도 들려오지 않을까 싶어 필사적으로 귀에 신경을 집중시켰다.

누군가 말다툼이라도 하는 듯한 소리에 이어 문 여닫는 소리, 그리고는 찰칵 하는 소음이 들렸다.

누군가가 내 몸을 일으키더니 나의 후두부를 만졌다.

나의 시야를 가리고 있던 안대가 벗겨지고 갑자기 앞이 환해지면서 나는 눈을 깜박거렸고, 곧 내 앞에 한 남자가 꼼짝 않고 웅크리고 앉아 있는 걸 발견했다.

어디선가 본 적이 있다는 생각에 기억을 끄집어내려고 애쓰던 나는 몸을 일으킨 젊은 남자가 입고 있는 쿵후 도복 같은 옷을 보고 깜짝 놀랐다.

'코스프레…… 아, 그게 아니라 『도림』에서 우쿄와 함께 식사했던 이 선생!'

실제로 만난 건 한 번뿐이라서 얼굴만 아는 정도지만, 『야지마 쥬얼리』에 『사이 보석 유한공사』를 소개해 준 사람 도 바로 여기에 있는 이 선생이다.

하지만 우쿄와 우호적인 관계일 터인 그가 왜 나를 납치 했을까?

이유를 몰라 혼란스러워하는 나를 이 선생이 일으켜 주 었다.

그는 내 입속에 있던 탁구공 같은 방해물을 빼내고 나서 나에게 중국어로 말을 걸었다.

"고맙습니다. 죄송합니다만…… 중국어는 전혀 할 줄 모 릅니다."

나는 약간 떨리는 목소리로 이렇게 말하고 나서 일단 머 리를 좌우로 흔들어 보였다.

이 선생은 알았다는 듯 고개를 끄덕이고는 조금 망설이는 듯한 표정으로 입을 열었다.

"일본어는 아직 연습이 부족하다. 제대로 못한다."

나는 황급히 '그렇지는 않은데요' 하고 그의 말을 부인했다.

자신 없음이 드러나는 말투에 느리고 더듬거리는 데다가 억양도 이상했지만, 그래도 알아들을 만한 일본어이다.

"대단하시군요, 이 선생. 잘하시네요."

"우쿄 놀래주고 싶다. 통역 없어도 우쿄와 직접 대화 오케이 된다. 리스닝, 많이 연습했다. 하지만 스피킹, 아직 멀다. 멋지게 말할 때까지, 우쿄는 비밀."

''우쿄는 비밀'이 아니라 '우쿄에게는 비밀'이라고 해야지.'

순간적으로 이렇게 지적하고 싶은 것을 참고 나는 '알겠습니다' 하며 고개를 끄덕였다.

난처하게 미소를 지으며 비밀 운운하는 그를 보면, 우쿄와의 관계가 악화된 것처럼 보이지는 않는다.

그럼 누가 어떤 목적으로 나를?

게다가 왜 내가 끌려온 곳에 이 선생이 와 있을까?

"듣는 것도, 천천히밖에 안 된다."

나의 의문 따위는 관심도 없는지, 이 선생은 이렇게 말하고 아쉽다는 듯 어깨를 움츠린다.

"난 중국어는 '니 하오' 정도밖에 모릅니다."

"괜찮아. 내가 가르친다. 스승이 되어."

그는 생글생글 웃으며 손수건으로 내 입가를 닦아주고 손목과 발목의 구속을 푼 후, 나의 팔을 잡고 감금되어 있던 상자로부터 힘껏 일으켜 세웠다.

발이 저려 비틀비틀 거리면서 상자에서 나와 휴우 안도의 한숨을 내쉬는 나에게, 그는 소파에 앉으라고 권했다.

둘러보니 방 안에는 무슨 파티라도 열기 위해 가져다 놓은 듯한 다이닝 세트와 소파, 그리고 벽에는 그림들이 걸려 있었다.

이 선생이 임대한 아파트인가 하고 생각하는 순간, 초인종이 울리더니 제복 차림의 남자 종업원이 샌드위치와 차를 실은 이동 트레이를 밀고 들어왔다.

'……혹시 어느 호텔의 스위트룸일까?

침대는 별도의 공간에 있는 것 같고, 옷장 문으로는 보이지 않는 문이 적어도 세 개는 있는 것 같다.

그는 '자……' 하고 미소를 지으며, 중앙의 테이블에 올려놓은 플레이트로부터 샌드위치 하나를 들어 나에게 건넸다.

건네받은 햄 샌드위치를 내가 입가로 가져가자, 그는 흐뭇하다는 듯 눈을 가늘게 떴다. 이 선생은 주위에 부동자세로 꼿꼿이 서 있는 여섯 명의 남자들에게는 전혀 신경을 쓰지 않는 기색이다. 택배원 차림으로 『야지마 쥬얼리』에 왔던 사내는 방 안 어디에도 보이지 않았다.

혹시 내가 끌려가고 있는 도중에 이 선생이 구해준 것일지도 모른다……. 그런 생각을 하는 순간, 이번에는 구운 치킨 샌드위치를 건네받았다.

"토고는 중국어, 나는 일본어. 우리 서로의 말 기억할 수 있다. 커뮤니케이션은 소중한 것. 나와 토고, 좋은 파트너가 된다."

"예? 제게 중국어를 가르쳐 주시겠다고요? 이 선생은 앞으로 쭉 일본에 있는 건가요?"

그건 아니라고 고개를 가로젓더니, 그가 내 무릎에 손을 얹으며 말했다.

"토고가 중국에 간다. 나의 집에서 매일 가르친다."

기쁜 듯이 말하는 그의 말은 나를 중국여행에 초대한다는 뜻인가?

"그건 고맙지만 저는 『야지마 쥬얼리』 때문에 중국여행은 좀 어려운데요……."

정기휴일이 늘어 연휴가 되었다고 해도 사흘뿐이다. 가게를 닫은 동안에 해둬야 할 일도 있고, 게다가 이박 삼일로 중국어를 마스터할 수 있다고는 생각지 않는다.

게다가 어차피 갈 거라면 우쿄 씨도 함께 가는 게 좋다.

카타쿠라 조직의 대외적인 금융 활동을 맡고 있는 우쿄

가 중국으로 여행을 가게 되면 며칠 동안 구역을 비우게 된다. 이박 삼일로 가는 것이라고는 해도, 구역을 비워둘 수 있을까?

'돌아가면 우쿄 씨에게 물어보자.'

둘이서만 여행하는 건 좀 무리일지도 모르지만, 사흘 정도라면 우쿄의 스케줄도 어떻게든 조정이 가능할지도 모르고…… 라고 생각하고 있는 내게, 이 선생은 '그게 아니야' 하고 고개를 저었다.

"여행이 아니다. 함께 산다. 토고와 매일 함께."

"네에? 중국에서 살다니요, 무, 무리예요!"

당황해하는 내 무릎 위에서 이 선생의 손가락이 피아노를 치듯 경쾌하게 춤을 춘다.

"이번 거래 끝난 뒤 우쿄는 사례한다고 했다. 마음에 드는 보석, 우쿄가 준다고. 가장 좋은 것 준다는 약속. 나는 토고를 받는다."

기분 좋은 듯 이야기하고 있는 그는, 우쿄가 나를 선물로 줄 것이라고 전혀 의심하지 않고 있는 듯했다.

하지만 나는 물건이 아닌 인간이고, 나 자신의 의지도 있다.

'설마 우쿄 씨가 인간이라도 상관없다고 그에게 말했다든가?'

그런 건 싫다고 외칠 뻔한 순간, 나의 무릎 위에서 손가락을 놀려대던 그가 손을 떼더니 웃으며 내 어깨를 끌어안는다.

"오늘 밤, 급히 중국에 돌아간다. 우쿄한테 아직 말하지 않았다. 받고 싶은 것 준다는 약속 있다. 토고, 중국에 가지고 간다. 우쿄 화내지 않는다. 나, 토고 가지고 돌아간다고 부하에게 말했다. 부하, 착각해서 화물로 했다. 잘못한 부하 세 명, 지금 화물이다. 얼굴, 나빠졌다."

진심으로 미안했는지 그는 걱정스러운 표정으로 '나, 미안해' 하고 말하며 나를 보고 있다.

"아마 얼굴이 나빠진 게 아니고 '안색이 나빠졌다'고 하는 거예요."

경련을 일으킬 듯한 얼굴을 달래며 심호흡을 한 나는 이 선생의 일본어 오류를 지적했다. 아무래도 적대심이나 악의는 없는 듯, 지적당해도 화내는 기색은 없다. 오히려 그는 '안색이 나빠졌다' 하고 싱글벙글 따라하면서 바로 자신의 오류를 시정했다.

"부하, 토고 데리고 돌아왔다. 착각해서 포장, 화물로 했다. 잘못한 부하는 죽인다. 토고, 그걸로 나를 용서해?"

"주, 죽인다고……?!"

'죽인다니, 말도 안 돼. 있을 수 없는……!'

그가 뱉은 무시무시한 말에 놀라 나는 황급히 그의 말을 막았다.

"안 돼. 죽이면 안 돼!"

"안 돼? 부하 죽여도 토고 나 용서하지 않는다?"

"그게 아니라 죽이지 않아도 괜찮으니까요! 나 때문에 누군가가 죽다니, 그런 건 꿈자리가 너무 사나워요."

"꿈자리? 토고, 기분이 풀리지 않는다? 부하 죽여도 용서 못해?"

그게 아니라고 외치며 나는 그에게 죽일 필요가 없음을 필사적으로 설명했다.

나라고 끌려온 게 즐거울 리가 없지만, 부하들로서는 데리고 오라는 명령을 지킬 생각으로 납치해 버린 것인 데다. 명령을 내린 건 이 선생 자신이고, 지금 나는 그가 원한 대로 여기에 있다.

방법은 틀렸지만 그의 소망대로 되었을 터이다.

"토고, 밀수할 때 또 화물 된다. 두 번이나 화물 하는 거 안 좋다. 토고, 불쌍해. 실수한 부하, 너무 나쁘다. 두 번 죽어도 용서 못한다."

이 선생은 나를 달래기 위해 하는 말이겠지만, 듣는 나로서는 전신의 핏기가 빠져나가는 듯했다.

우쿄와도 사이가 좋은 중국의 야쿠자라고 들어서 나쁜 사람은 아닐 거라고 생각하고 있었지만, 그와 일본어로 대화를 주고받으며 그가 타인의 목숨을 얼마나 가볍게 여기는지 알 수 있었다.

거듭 그를 설득하던 나는 혹시 그의 '죽인다'는 말이 실제로 죽이는 것이 아니라, 부하를 강등시키거나 벌을 준다는 의미가 아닐까도 의심해 보았다.

하지만 그가 말하는 '죽인다'는 '살해한다'는 것과 같았다.

"나는 보스. 명령 착각한 부하는 나쁜 부하. 토고, 우쿄가 준 소중한 보석. 잘 지켜야 돼. 보스의 소중한 거 부하가 막 다루는 거 안 돼."

"그렇다고 해서 죽일 필요는 없잖아요. 약간의 실수일 뿐인데……. 그리고 나 다친 데도 없어요. 샌드위치도 이렇게 잘 먹을 수 있을 정도로 팔팔하잖아요?"

봐요, 하고 말하면서 나는 테이블 위의 플레이트에 손을 뻗었다.

배는 고프지 않았지만 연거푸 샌드위치를 입에 가져가 보였다.

전체가 몇 인분인지는 모르지만 나 혼자서 플레이트의 사분의 일을 평정했을 때쯤 내가 목이 막히자 그는 황급히 찻잔을 내밀었다.

완전히 식어 빠진 홍차로 막힌 목을 축이고 나서, 나는 마침 잘 되었다는 듯이 그를 바라봤다.

"내가 괜찮다는 걸 증명해 보이려고 너무 급히 먹어서 목이 막힌 나를, 이 선생은 죽일 건가요?"

"……토고를 죽인다? 왜? 그런 심한 짓 안 한다. 토고, 죽일 이유 없다."

"하지만 방금 나는 먹는 페이스를 착각했죠. 나를 데리고 오는 방법을 잘못 알고 나를 상자에 넣어 데려온 부하를 죽일 거라면, 괜찮다고 보여주기 위해 급하게 먹다가 목이 멘 나도 마찬가지로 죽여야만 해요."

마찬가지다, 라고 말하는 건 조금 심하려나.

하지만 그가 나를 손에 넣고 싶어 한다면 내가 죽는 걸 원하지는 않을 것이다.

나 역시 죽고 싶지도, 유괴범의 편을 들어주고 싶지도 않지만…….

"나의 패배다. 죽이는 건 안 돼. 알았다. 어쩔 수 없다. 죽이지 않는다."

그는 쓴웃음을 지으며 '부하, 죽이지 않는다'라고 반복했다.

"정말 약속해 주시겠어요?"

"그렇다. 죽이는 대신 부하 함께 돌아가지 않는다. 바로 다른 일에 보낸다. 모두 싫어하는 일. 죽이지는 않는다. 더러운 일. 고약한 냄새, 모두가 싫어해. 안 죽이는 약속할 수 있다."

거듭 다짐하며 진지한 얼굴로 맹세하는 그를 보고서야, 나는 안도감을 느끼고 비로소 긴장했던 어깨의 힘을 뺐다.

"나, 잘못한 부하 죽이지 않는다. 그래서 토고, 기뻐?"

"죽이지 않는다면 기뻐요. 이 선생, 고마워요."

"감사는 필요 없다. 토고, 착하다. 역시 제일 좋은 보석. 우쿄가 좋은 보석 주었다."

흐뭇하다는 듯 말하면서 그는 내 머리를 쓰다듬기 시작한다.

이런 식으로 간단하게 부하를 죽이겠다는 말 같은 것만 하지 않으면, 재벌 2세 같은 이미지였을 텐데.

그건 그렇고, 그는 나의 어디가 마음에 들었는지 알 수가 없다.

지금으로서는 그가 나에게 위해를 가할 생각도 없는 것 같고, 내가 적대적인 조직에게 납치된 것도 아니니까 분명 우쿄에게도 위험할 일은 없을 것이다. 또한 아마 내가 납치 당했다는 이유로 우쿄가 조직 내에서 불리한 입장에 놓이는 일도 없을 것이다.

'정말 불행 중 다행인 셈이다.'

나는 깊고 긴 한숨을 내쉬며 생각했던 것 이상으로 안도감을 느꼈다.

하지만 이렇게 안심하고 있을 때가 아니었다.

이 선생은 어떻게든 나를 데리고 귀국할 작정인 듯했다.

지금 나는 중국어도 못하고, 여권은 물론, 휴대전화도 돈도 없는 상태다.

'일본대사관이 있는 곳도 모른다. 중국으로 밀입국당한다면, 살아서 일본으로 돌아올 수나 있을까?'

우쿄와도 두 번 다시 못 만날지도 모른다.

그렇게 생각하니 불안감이 걷잡을 수 없이 격화되면서 식은땀이 등에서 흘러내렸다.

*　　　*　　　*

"나 일할 때, 토고는 집에 있다. 하지만 노란 작은 개와 검은 큰 개가 있다. 귀여운 것과 힘센 것 한 마리씩. 노란 것은 엄청 작다."

이제 둘만 있게 된 스위트룸 거실에서 이 선생은 나의 심정도 모른 채 줄곧 흐뭇한 표정을 하고 있다.

짙은 감색 장포 차림의 그는 지금도 만족해서 싱글벙글한 얼굴로 기쁜 듯이 '이 정도' 하고 말하며 오른손을 내민다. 그의 손바닥이 큰 편이긴 하지만, 거기에 놓일 정도라면 아직 아주 어린 강아지이다.

'노란색이란 차 빛을 말하는 걸까?'

개는 싫지 않고 강아지라면 분명 귀엽겠지만 일본에서의 생활과 결별하고…… 아니, 우쿄에게서 벗어나면서까지 강아지를 보러 가고 싶지는 않다.

"귀여운 개 있어, 토고 쓸쓸하지 않다. 걱정 필요 없다."

"이 선생, 미안. 나는 우쿄 씨가 옆에 없으면 외로워요."

말뿐 아니라 마음도 이해해 달라고 간청하듯 호소하는 나를 보고, 옆에 앉은 그는 신기하다는 듯한 표정이 되었다.

"내가 함께하는 토고, 외롭지 않다. 전세기, 오늘 밤 잠시 후에 온다. 우쿄, 바쁘다. 우쿄, 내가 돌아간다는 얘기 안 해. 토고 배웅 못 나온다."

"그런 게 아니에요, 이 선생. 배웅하러 안 와서 허전하다는 게 아니라 그와 떨어지게 되는 것이 슬퍼요. 저는 이 선생이 아니라 우쿄 씨가 좋아요. 그가 곁에 없는 게…… 으음, 쓸쓸해요. 슬프다고요. 아시겠어요?"

"토고, 밀수입한다. 공항 밖으로 나올 때, 화물 한다. 좁은 것은 슬프다."

그럴 때는 '슬프다'가 아니라 힘들다거나 답답하다고 말해야 한다는 생각이 들었지만, 벌써 창밖으로 펼쳐진 야경을 보니 지적해 주고 싶은 마음도 들지 않았다.

어떻게 해서든 우쿄와 연락을 취하지 않으면.

우쿄가 나를 이 선생에게 선물로 주었다……. 그렇게는 생각하고 싶지 않다.

"이 선생, 우쿄 씨가 걱정할지도 모르니까, 나를 데리고 귀국할 생각이라면 제대로 그에게 연락해 주세요."

"우쿄, 약속했다. 토고 데리고 귀국한다. 우쿄 화내지 않는다."

그는 도대체 뭐가 문제냐는 듯 나를 바라본다.

어떻게 해서든 전화를 하도록 만들지 않으면 안 된다.

'가능한 한 말을 많이 시켜 그의 진의를 확인해야…….'

하지만 만약 이대로 우쿄가 나를 더 이상 필요 없다고 말한다면?

설마 우쿄가 그렇게 나올 리가 없다고, 나는 서둘러 그 가능성을 부인했다.

"4월 말, 나 또 일본에 온다. 토고를 받은 답례, 그때 한다."

4월 말이라면 앞으로 얼마나 남은 거야……?

'아직 2월 4일, 4월 말이라면 두 달이나 남았잖아!'

만약 우쿄가 내가 도망쳤다고 생각하게 되면……. 그런 싫은 생각이 들기도 하지만, 그 자리에는 미키도 있었으니 그럴 일은 없을 거라고 나 자신을 달랬다.

누군가가 나를 납치해 갔다.

그것은 미키가 보고해 주면 금방 알게 된다.

하지만 적대적인 조직들을 경계하고 있던 우쿄가, 유괴범이 다름 아닌 자신과 절친한 이 선생일 거라는 가능성을 생각할 수 있을까?

역시, 어떻게든 우쿄에게 전화를 걸도록 만들게 해야…….

"저, 이 선생. 노란 강아지가 갑자기 집에서 사라진다면 어떻게 하죠?"

"……노란 거 아직 아기. 집 안에 있다. 바깥에 안 간다. 사라지지 않는다."

"그래도 사라진다면? 놀라겠죠?"

내 말에 그는 크게 고개를 끄떡였다.

"그럼 만약 이 선생의 부하가 노란 강아지가 들어가 있는 상자를 빈 상자인 줄 알고 내다 버린다면요?"

"내 강아지 멋대로 버리면 안 돼!"

소파에서 갑자기 일어선 그는 바르르 떨었다.

"버린 부하 죽인다! 그 부하의 가족도 죽여서 버린다."

나는 서둘러 험한 표정을 짓고 있는 그의 팔을 잡고 다시 앉도록 청했다.

그냥 예를 들자고 한 얘기니 진정하라고 하면서 나는 소파에 앉은 그의 등을 달래듯이 어루만졌다. 씩씩거리던 그는 잠시 후 진정한 듯하더니, 좀 못마땅한 얼굴로 '그냥 죽이면 안 돼?' 하며 고개를 갸웃거렸다.

왠지 거기에 사악함은 보이지 않는다.

어떤 의미에서는 순수함이라고 해야 하나?

강아지를 아끼는 마음은 있으면서도 사람을 죽이는 것에는 아무런 주저함도 없다. 기묘하다는 생각을 하면서, 나는 '응, 좋지 않아요' 하고 고개를 끄떡였다.

"죽이는 건 안 된다고 아까도…… 아, 아니, 실제로 죽인다는 게 아니라, 죽이고 싶을 정도로 화가 난다는 말이죠? 알겠어요. 이 선생에게는 그만큼 그 노란 강아지가 소중해요?"

"노란 강아지, 검은 큰 개, 나의 소중한 가족. 함부로 버리는 부하, 나쁜 부하!"

이 선생의 표정이 다시 험악해진다.

"갑자기 내가 사라지면 우쿄도 많이 놀라겠죠?"

"놀라지 않는다. 가장 귀한 걸 준다는 약속, 우쿄가 먼저 말했다."

말이 안 통하네. 왜 안 통하는 걸까?

"이 선생, 생각해 보세요."

나는 약간의 두통을 느끼면서 그를 바라본다.

"갑자기 사라지는 건 마찬가지잖아요? 그러니까 나를 데리고 귀국하기 전에 우쿄에게도 꼭 연락해야 해요."

알아들을 수 있도록 말하며 나는 아까처럼 그의 등을 천천히 쓰다듬어 주었다.

무언가 생각하는 표정으로 잠시 말이 없던 그는 내가 한 말을 중국어로 바꿔 다시 그 의미를 확인했는지, 이번에는 불안한 표정을 짓는다.

"……나한테 한 약속, 우쿄가 잊었나?"

"아, 음…… 잊은 건 아니더라도 잘 받아서 돌아간다고

말하지 않고 멋대로 가지고 돌아가 버리면, 그가 찾지 않겠
어요?"

"……알았다. 우쿄 바쁘다, 그래도 나 연락한다. 전화한
다."

됐다. 드디어 전화를 할 모양이군.

나는 몇 번이고 고개를 끄덕거리면서 당장 전화를 하는
게 좋다고 그를 부추겼다.

"하지만 토고, 나 일본어 연습, 우쿄에게는 비밀. 전화로
이야기하는 것, 통역 없으면 안 돼. 카타쿠라 조직의 통역
원한테, 전화 오케이?"

휴대전화를 든 그가 난처한 듯한 얼굴로 나에게 묻는다.

통역이라면 미키가 아닌가?

함께 식사를 하러 『도림』에 왔던 카타쿠라 조직의 통역
담당은 분명 미키가 아닌 다른 사람이었다.

'이미 미키 씨가 우쿄 씨에게 연락을 한 상태라면 전화
를 받는 통역도 내가 납치당한 이야기를 들었을 테
지……?'

일말의 불안이 있지만, 전화를 안 하는 것보다는 하는 편
이 낫다.

"그렇군요. 뭐 일단 카타쿠라 조직원이라면 누구라
도……."

"알았다. 나, 통역에 전화한다. 하지만 전화할 때 토고,

여기 앉는다."

이 선생이 '여기'라고 가리킨 곳을 무심코 바라보니……

무릎 위라니…… 그건 좀……. 어떻게 하면 좋지?

당황해하는 나에게 그는 '이거, 교환 조건'이라 말하며 그의 무릎을 두드렸다. 마치 애완동물처럼 취급당한다는 생각이 들자, 나는 그가 키우고 있는 노란 강아지가 아니라 인간, 그것도 성인 남자라고 외치고 싶은 심정이 되었다.

"내 전화, 토고의 부탁. 토고도 내 부탁 들어준다. 무릎 위에 앉을 뿐, 다른 건 없다. 전화만 한다. 다른 짓 안 한다."

싱글벙글하며 그는 어서 오라는 듯 무릎을 두드린다.

"할 수 없군요. 전화를 걸게 하기 위해서니까……."

"그래그래. 교환 조건, 어쩔 수 없다. 토고 안 앉으면 나 전화 안 한다."

"그래도 강아지와는 다르게 무겁지 않을까요……?"

"괜찮아. 내 무릎, 큰 검은 개도 앉는다. 노란 개, 검은 개 둘 다 앉은 적도 있다."

그는 흐뭇한 표정으로 무릎에서 나를 향해 손을 뻗는다.

"어쩔 수가 없군."

다시 한 번 스스로에게 타이르듯이 중얼거리며, 나는 광택 있는 짙은 감색의 장포 위에 걸터앉았다.

"토고, 편안히 앉는다. 나한테 기댄다. 긴장을 푼다."

살짝 걸터앉은 것이 마음에 들지 않는지, 그는 허벅지를 벌리고 나의 허리와 다리를 둘러 밀착시킨다.

그리고는 '편안히, 편안히' 하고 말하며 그의 가슴에 내 몸을 끌어당겼다.

어설프게 내 몸을 젖히는 행동은 나를 편안하게 해주기는커녕 묘한 긴장감을 느끼게 했다.

하지만 전화를 걸어주는 대가라고 위안하며 나는 조금이라도 편하도록 다리와 허리의 위치를 고쳐 앉았다.

"자, 이 선생. 이제 편안하게 앉았으니 카타쿠라 조직에 전화해 주세요."

내가 재촉하자, '알았어' 하면서 그는 테이블 위에 놓여 있던 검은색 휴대전화를 집어 들었다.

틀림없이 카타쿠라 조직의 통역원에게 전화하고 있다는 걸 보여주고 싶었을까.

그는 화면에 나타난 전화번호를 나에게 보여주었지만 나는 그날 보았던 그 통역원의 핸드폰 번호도 모르고, 마찬가지로 중국어에 능통한 미키의 휴대폰 번호도 주소록에만 기록되어 있지 암기하고 있는 건 아니었다.

"제대로 이 번호에 건다. 괜찮아?"

'네, 부탁해요' 하며 고개를 끄덕이는 내 눈 앞에서 그의 집게손가락이 통화버튼을 눌렀다.

통역원의 전화번호는 몰라도, 들리는 대화 속에서 우쿄나 나의 이름이 나오는지 귀를 기울여 보면 알 것이다.

나를 무릎에 앉힌 그가 휴대폰을 귀에 갖다 대자 곧 호출음이 들려온다.

그러는 가운데 그의 오른손은 쉬지 않고 나의 배를 문지르고 있었다.

애완견이라기보다는 봉제인형이나 쿠션이 되어버린 듯한 기분이 드는 가운데, 갑자기 그가 나의 뺨에 볼을 가까이 갖다 댄다.

"토고, 좋은 냄새가 난다."

그것은 도대체 어떤 냄새냐고 되묻고 싶었지만, 순간 들려오던 호출음이 갑자기 끊기면서 그가 대화를 시작했다.

전화의 저편으로부터 목소리가 조그맣게 들리긴 하지만 아무리 귀에 신경을 집중시켜도 들려오는 건 일본어가 아닌 터라 당연히 나는 내용을 전혀 알 수가 없었다.

하지만 그가 '우쿄'를 언급하는 것은 알 수 있었다. 그리고 카타쿠라 조직의 통역원이 '토고'라고 말하는 소리도 들렸다.

아, 됐다……. 나는 한숨을 내쉰다.

나에게 말한 대로 그가 이야기하고 있다면, 적어도 내가 그와 함께 있다는 사실이 우쿄에게 전달될 것이다.

미키로부터 보고를 받은 상태라면, 지금 내가 이렇게 이 선생과 함께 있는 것이 나의 의사와는 관계가 없는 일이라는 것도 알게 되리라.

만약 우쿄 혹은 카타쿠라 조직의 다른 누구라도 이 선생이 어느 호텔에 머물고 있는지 파악하고 있다면, 당장에라도 나를 데려갈 사람을 보내줄 것임에 틀림없다.

'전세기가 출발하기 전에 와야 하는데. 그러고 보니, 몇 시에 이륙하는 거지?

달랑 몸만 끌려온 나에겐 아무런 짐도 없었다.

물론, 일본을 떠난다는 생각도 있을 리 없다.

지금 이 방에는 이 선생과 나 두 사람뿐이다.

중국 마피아의 두목인 이 선생은 손가락 하나 까딱하지 않아도 분명 그의 부하들이 출발 준비를 하고 있을 것이다.

나를 무릎에 태운 채 통화를 마친 이 선생은 '토고, 전화했다' 라고 하고는, 뒤에서 내 몸을 두 손으로 꽈악 껴안았다.

갑자기 왜 이러는 건지 당황해하는 나의 뺨에 그의 입술이 가볍게 스쳤다.

"자, 잠깐만요, 이 선생?!"

"통역원, 말했다. 여룡지주(驪龍之珠)는 이제 나의 것. 통역, 준다고 말했다."

그는 나에게 볼을 가까이 갖다 대며 안도한 듯이 한숨을 내쉰다.

간간이 그의 입술이 내 볼에 와 닿았지만 지금은 그것을 걱정하고 있을 때가 아니다.

"준다니, 나를요? 이 선생, 통역원에게 나와 함께 있다고 말했나요?"

"그래. 말했다. 통역원도 우쿄의 약속, 들었다. 그때 거기 있었다. 약속 기억하고 있다."

그렇게 말하는 그의 호흡이 내 볼과 귀를 쓰다듬는다.

"대답은요? 통역원이 뭐라고 대답하던가요?"

"여룡지주를 갖겠다고 말했다. 통역, 알았다고 대답했다. 안된다고 말 안 했다. 내 말, 거짓말 아니다."

"저기, 이 선생. 여룡지주라는 게 뭐죠? 설마 나를 가리켜서 그렇게 부른 건가요?"

그래서야 제대로 뜻이 통하지 않았을지도 모른다는 의심이 나의 뇌리를 스쳤다.

나는 그의 팔을 밀치고 그의 무릎에서 내려와 그의 옆에 앉았다.

아니라고 말해주었으면 했지만 그는 '그래, 토고' 하며 고개를 끄덕였다.

"여룡지주. 검은 용, 턱 아래에 소중한 구슬 가지고 있다. 우쿄의 보배로운 구슬, 토고. 토고는 제일 소중한 보석, 우쿄가 나에게 말했다."

"그래서야 그 구슬이라는 게 나를 말하는 건지 알아듣지 못했을지도 모르잖아요!"

"걱정 마라. 우쿄, 알고 있다. 토고가 오기 전 우쿄가 말했다. 통역, 그때 있었다."

분명 그날 『도림』에는 각자 통역이 붙어 있었다.

그 자리에서 있었던 통역이라면 제대로 이해했을 것이다.

"그래서 통역, 알고 있다. 여룡지주…… 우쿄의 소중한 구슬, 토고의 것. 토고를 보았다. 남자였다. 나, 처음엔 사람 잘못 봤다 생각했다. 근데 틀림없다고 했다. 깜짝 놀랐다. 하지만 토고, 귀여워. 우쿄, 마음에 드는 보석 준다고 약속했다. 그래서 나 토고를 받는다. 우쿄, 정말 미남이다."

'미남이다'가 아니고 '통이 크다'고 해야지.

속으로 이렇게 오류를 지적하는 한편 우쿄가 분명 미남인 것에도 동의했지만, 난 왠지 기분이 가라앉는 것을 느꼈다.

이 선생의 말을 머릿속에서 돌이켜 생각할수록 가슴이 쓰리다.

'우쿄 씨에게 더 이상 나는 필요가 없는 걸까?'

내가 끌려간 뒤, 미키는 곧바로 우쿄에게 연락을 했을 것이다.

통역원은 아직 상황을 모른다고 해도, 두목의 것인 나에 관한 메시지라면 분명히 우쿄 본인이나 그의 심복 오다기리에게 속히 연락을 했을 것이다.

그렇다면 이 선생에게 다시 전화가 걸려오지 않을까?

나를 찾고 있었다면 더더욱 전화는 걸려올 것이다.

토고를 데리고 가는 것은 안 된다고……. 우쿄가 이 선생에게 분명히 말해줄 것이다.

그렇게 생각하면서 나는 테이블 위에 내던져진 검은색 휴대전화의 벨소리가 울리기를 기다렸다.

'경호원을 붙이고 종업원들까지 조직원으로 교체한 우쿄 씨가 나를 버리다니…… 그런 거 나는 믿을 수 없어. 당장에라도 휴대전화가 울릴 것이다.'

휴대전화는 분명 울린다. 당장에라도 울린다.

이것저것 말을 걸어오는 이 선생에게 대충 건성으로 대답하면서, 나는 스스로를 몇 번이나 그렇게 위로했다.

하지만 아무리 바라보고 있어도, 테이블 위의 휴대전화는 천장에 달린 샹들리에의 호화로운 빛을 자신의 고상한 검은색 광택으로 반사시키고만 있을 뿐, 전혀 울릴 기미가 없었다.

조마조마하게 기다리는 시간은 일분일초가 한없이 길게 느껴졌다.

데리러 와줄 거란 믿음은 시간이 지날수록 불안감으로 바뀌고, 그 불안감은 서서히 부풀어 올랐다.

소파에 기댄 나의 등은 긴장감으로 굳어졌고, 무거운 공기가 나를 내리누른다.

"……저, 이 선생. 출발은 몇 시인가요?"

대충 건성으로 듣고 있던 그의 이야기를 끊으며 내가 이렇게 묻자, 그는 어리둥절한 표정으로 '호텔, 나갈 시간?' 하고 되물었다.

그보다는 중국으로 출발할 시간을 알고 싶었던 거지만, 따지고 보니 호텔에서 나갈 시간도 궁금하다.

"아, 그러네요. 호텔에서 나갈 때까지는 앞으로 얼마나 시간이 있나요?"

"호텔에서 나간다. 이십 분쯤 후에. 곧 부하 데리러 올 예정."

'이십 분? 밤늦게 전세기로 떠난다고 해서, 시간이 더 있을 거라고 생각했는데…….'

출발하기 전까지 우쿄가 나타나는 건 어려울지도 모른다.

'하지만 전화 정도는 할 수 있겠지.'

우쿄 자신은 중국어를 잘 못하지만 통역원이나 미키를 시키면 된다. 이 선생의 휴대전화가 지금 사용 중이라면 또 몰라도, 카타쿠라 조직의 통역원에게 전화한 뒤 그의 전화는 사용하지 않은 채 놓여 있다.

울리지 않는 휴대전화를 몇 번이고 다시 쳐다보던 나의 귀에 착신음 대신에 초인종 소리가 들려왔다. 곧 별실의 문을 통해 들어온 이 선생의 부하가 방문객을 맞으러 나가더니, 이내 돌아와서는 보스인 그에게 뭔가를 보고하고는 당황한 기색으로 원래의 별실로 돌아갔다.

'혹시 우쿄 씨나 그의 명령을 받은 누군가가 직접 호텔까지 나를 데리러 온 건가?!'

증폭되고 있던 불안감을 기대감으로 날려 버리면서 나는 소파에 기대고 있던 등을 일으켜 세웠다.

"이 선생, 방금 그 사람이 뭐라고 한 건가요?"

"호텔의 체크…… 음, 계산, 끝났다. 차도 준비됐고 말했다."

나를 데리러 온 것이 아니었다.

한순간의 기대감은 펑 하고 큰 소리를 내며 달아났고, 어쩔 수도 없는 실망감이 내 가슴에 젖어들었다.

"예정보다 조금 빠르다. 하지만 문제없다. 출발 준비, 거의 다 됐다는 얘기. 토고, 지금부터 나리타공항으로 달려간다."

"네? 벌써 공항으로 가나요?"

호텔을 나가는 건 이십 분 후라고 방금 말했을 터였다. 아직 팔 분이나 남아 있었다.

"물론. 나, 얼른 중국에 돌아가고 싶어. 토고와 함께 돌아가니 기쁘다."

잠시 기다려 달라고 말하려는 순간, 그는 테이블 위의 검은색 휴대전화를 집어 들었다.

'이 팔 분 안에 어쩌면 우쿄 씨가 데리러 올지도 모르는데……. 하지만 데리러 올 생각이라면 왜 전화를 하지 않는 걸까?'

생각조차 하고 싶지 않지만…… 우쿄에게는 서둘러 전화를 할 이유가 없는 것일까?

적대적인 조직에게 납치된 거라면 몰라도, 상대는 이 선생이다.

이 선생이 나를 원한다면 넘겨줘 버려도 괜찮다……. 그게 우쿄의 생각이라면 아무리 기다려도 전화는 걸려오지 않을 것이고, 데리러 올 필요도 없겠지.

'우쿄 씨가 나를 소중히 여기고 있다고, 사랑하고 있다고 생각한 것은…… 나의 착각이었을까?'

그날 『도림』에서 이 선생에게 소개할 때에도 가장 사랑하는 남자라고 말해주었다. 사람 마음이라는 게 눈에 보이는 것도 아니고, 좋아한다든가 사랑한다든가 하는 말을 되풀이해 준 것도 아니지만 그래도 나는 확실히 우쿄에게 사랑받고 있다고 생각했는데……. 하지만 그것도 그저 나만의 환상이었을까?

"토고, 이제 공항으로 간다. ……토고, 왜 그래?"

"우쿄 씨에게 있어서 나는 언제라도 대체 가능한 '물건'에 불과했던 걸까?"

그렇게 중얼대는 나에게 차가운 현실감이 성큼 다가선다.

발밑의 바닥이 갑자기 마치 먼지가 되어 흩어지기라도 하듯 맥없이 무너졌다.

'우쿄, 도대체 왜……?'

나로서는 그 이유를 알 수도 없고, 생각하기도 싫었다.

아, 그렇다. 나의 가게…… 가게는 어떻게 될까?

일단 타키타와 콘도뿐만 아니라 지금은 미키도 있으니까, 판매나 매입은 물론 상품관리도 문제가 없다.

하지만 『야지마 쥬얼리』의 오리지널 상품과 고객주문품은?

처음부터 제작을 하려면, 우선은 디자인을 결정하고 왁스로 원형을 만들어야 한다. 고객이 주문한 경우에는 한 번 그 원형을 확인시켜 드리고 승인을 받는다. 그 원형으로 석고 틀을 만들고, 석고 속에 들어 있는 왁스를 열로 녹인 후 금속을 거기에 흘려 넣고, 그에 디자인한 대로 보석을 박는다…….

미키의 경력은 본인에게도 확인해 봤지만, 귀금속 가공이나 보석의 연마, 조각 등의 전문적인 작업은 못한다고 미키 자신도 말했었다.

"귀한 고객의 기념일 선물과 생일선물을 오늘 주문받았는데……"

우쿄가 나를 버렸다면 내가 사라진 뒤의 『야지마 쥬얼리』는 어떻게 될까?

은행대출도 있고, 내가 우쿄의 남자가 되는 조건으로 『K파이낸스』로부터 융자도 받았다.

삼 대째 노력해 온 우리 가게는 공중분해 되어 버리고 마는 건가?

'아니면 내가 사라진 뒤에도 내 명의로 카타쿠라 조직이 『야지마 쥬얼리』를 그대로 운영해 나갈까?

설마 그런…… 하며 부정하려는 순간 문득 이런 생각이 들었다.

생각하고 싶지는 않지만……. 혹시 우쿄는 처음부터 그런 생각으로?

내가 사라지면 종업원들도 조직원으로 다 바뀐 『야지마 쥬얼리』는 우쿄의 맘대로 할 수 있다. 거래의 방패막이로서 지금까지보다도 더 자유롭게 사용할 수 있다.

"토고, 기분 나빠? 왜 안 일어서고?"

"우쿄 씨가 원했던 것은 가게뿐……?"

그런 건 거짓말이라고 마음속에서 하나의 목소리가 외치고 있다.

왜 거짓말이라는 거야. 있을 수 없는 이야기도 아니잖아. 그래서 전화를 걸지도 않고 데리러 오지도 않는 거겠지…… 하며 또 다른 내가 씁쓸한 비웃음을 던진다.

"토고? 왜 그래?"

갑자기 이 선생이 어깨에 손을 대자, 나는 움찔하고 몸을 떨었다.

"얼굴이 나쁘다……. 아니, 틀렸다…… 토고의 안색, 나빠졌다."

"아…… 이 선생……?"

"안색, 굉장히 나쁘다. 토고, 병이 났나?"

그가 나를 자세히 들여다본다.

여기서 꾀병을 부리면 출발을 늦출 수 있을까?

병이 났다고 말하면 삼십 분이라도 출발을 미룰 수 있을지도 모른다.

'하지만 우쿄 씨가 데리러 오지 않는다면, 시간을 벌어도 의미가 없어…….'

걱정스러운 표정을 짓고 있는 순진한 유괴범의 눈은 그의 안절부절못하는 심정을 그대로 드러내고 있었다.

가능성이 희박하다 해도 데리러 와줄 거라 믿고 꾀병을 부릴까 하는 생각으로 입을 열었지만, 순수한 마음으로 나를 걱정해 주고 있는 그의 눈빛을 보니 곧 아무 말도 할 수 없게 되었다.

입을 다문 채인 내게 이 선생은 '괜찮다' 하고 미소 지었다.

"중국에 있는 내 부하, 훌륭하고 성실한 사람. 단전호흡도 한다. 빨리 중국 가는 게 좋겠다. 내 저택에서, 토고 수리한다."

그러니까 어서 가자며 이 선생은 나를 안듯이 소파에서 일으켜 세웠다.

장포의 옷감을 넘어 전해지는 강인함이 어젯밤 나를 껴안고 있던 한 남자의 존재를 떠오르게 했다. 하지만 지금 내 옆에 있는 건 우쿄가 아니다.

그건 분명 알고 있으면서도, 한순간이라도 눈을 감으면 여기에 있는 사람이 우쿄라고 생각해 버릴 것 같았다…….

이 선생에게 이끌려가다시피 걷기 시작한 나는 눈을 깜빡일 수조차 없을 정도로 솟아나는 눈물을 하염없이 흘렸다.

납치당했을 때와 비슷한 상자에 실리고 난 얼마 후 다시 밖으로 나왔을 때, 그곳은 이미 기내였다. 혹시 소리라도 내거나 할까 봐 걱정했는지 이 선생이 떨어져 있는 틈을 타서 그의 부하들은 재빨리 나의 손발을 묶고 입도 테이프로 막은 후 상자에 집어넣었던 것이다.

찰칵 하는 소리가 두 번 난 후 뚜껑이 열리자, 나를 본 이 선생은 순간 고함을 질렀다. 부하들을 향해 이야기하기 시작한 그의 얼굴은 분노로 가득 차 있어, 나와 일본어로 이야기하고 있을 때와는 전혀 달랐다.

"부하, 토고에게 또 잘못했다."

한바탕 분노를 발산하던 그는 두 남자를 두들겨 패고 나서, 미안한 듯한 얼굴로 나에게 중얼거렸다.

"나, 포장 필요 없다고 말했다. 그런데 우쿄에게 받은 토고, 부하가 막 다룬다. 좋지 않다. 이 두 사람 토고, 화물로 했다. 너무하다, 나쁜 일. 두 사람, 죽여도 돼?"

그는 나를 향해 이렇게 묻고는 그제야 생각이 난 듯 내 입을 막아둔 테이프를 힘차게 떼어 냈다.

"입 근처, 조금 빨갛다. 토고, 아파? 이 두 사람, 죽여도 돼?"

"……두들겨 맞았으니까 죽이면 안 되죠."

"안 돼? 토고가 안 돼 하니까, 그럼 포기한다."

별수 없다는 듯 한숨을 내쉰 뒤, 그는 내 손발의 구속을 풀어주었다.

전세기의 기내에는 이미 엔진 소리가 울리고 있었다.

나를 밀입국시킬 이 비행기가 이륙하면, 다시는 일본에 돌아올 수 없는 것이다.

"비행기, 이제 움직인다. 내 옆에 토고의 자리."

창밖에 보이는 바깥 풍경은 이미 움직이고 있다.

만약 지금 여기로 우쿄가 달려온다 해도 이젠 이미 늦었다.

싱글벙글하며 나를 좌석에 앉힌 이 선생은 직접 나의 안전벨트를 매어준다.

—싫다. 우쿄 씨의 곁을 떠나고 싶지 않아. 중국이고 뭐고 가고 싶지 않다.

마음은 아직 저항하고 있지만, 저항을 행동으로 보일 용기는 솟아나지 않는다.

'호텔에서 이 선생이 전화를 걸고 나서 얼마나 지났을까?'

나리타공항까지 이동한 시간이라 해봤자 약 한 시간 정도겠지.

만약 이것이 우쿄의 본의가 아니라면…… 이 상황이 그의 귀에 들어가기까지 다소 시간이 걸리더라도 전화 한 통정도는 걸려올 수도 있을 것이다.

"……저, 이 선생. 전화는?"

버릴 수 없는 기대를 담은 나의 말에 그는 의아해하는 표정으로 '전화?' 하며 고개를 갸웃한다.

"아. 나 깜빡했다. 비행 중에는 휴대폰 전원 끈다."

이제 생각이 났는지, 그는 휴대전화를 꺼내 전원을 끈다.

나는 황급히 그의 팔을 붙잡고 '새로운 착신은?' 하고 물었다.

"우쿄나 그의 통역이 당신이나 당신의 부하에게 전화를 걸어오지 않았나요?"

"통화 없다. 부재중 녹음 없다. 부하의 보고도 없다"

"그, 그런가요……."

마지막 기대가 깨졌다는 생각에 나는 힘없이 좌석에 등을 맡겼다.

'이 선생의 말대로 우쿄도 이미 알고 있는 걸까……?'

버려진 거라면 아무리 내가 기대해도 전화 따위는 오지 않을 것이고, 그가 데리러 와 줄 리도 없다.

"토고, 지금 확인? 내 부하한테 물어본다?"

보스인 그에게 보고가 올라오지 않았다면 새삼스레 부하에게 물어봐도 마찬가지리라.

물어보지 않아도 된다고 내가 대답하려는 찰나, 활주로를 달리던 비행기가 각도를 세운다. 몸이 지상에서 분리되는 순간 무언가 내장을 움켜쥐는 듯한 느낌에 나는 지그시 눈을 감았다.

감은 눈 안쪽에 순간 떠오른 우쿄에게 왜 데리러 오지 않느냐고 물었다. 그러나 그저 환영일 뿐인 우쿄는 나를 외면한 채 멀어져 갔다.

차가운 무언가가 뺨을 타고 흘러내리더니 곧 이 선생의 따뜻한 손이 그것을 닦아낸다.

"토고, 어디 아파? 안색 나쁘다. 병, 많이 안 좋아?"

"……괜찮아요. 좀 비행기 때문에 속이 안 좋은 것뿐이니까. 멀미예요."

멀미라는 말을 그가 알아들었는지 몰라서, 나는 눈물을 닦아준 그의 손가락을 잡고 '괜찮아요' 라는 말을 반복하며 고개를 끄덕여 보였다.

얼마 후 멀미는 진정되었다.

기체는 이미 수평을 유지하고 있었고, 흔들림도 그다지 느껴지지 않았다.

"괜찮다면 안심. 딱 좋다. 지금 선물한다."

갑자기 나온 선물이라는 말에 내가 당황하자, 그는 안전벨트를 풀고 일어서더니 돌아서서 부하들에게 무언가를 명령했다.

동승하고 있는 그의 부하 여섯 명 중 한 명이 하얀 종이상자를 가지고 나타나더니, 이 선생이 아닌 나를 향해 내밀었다.

어쩐 일일까 망설이는 나 대신 그가 종이상자를 받아 그의 좌석 위에 놓는다.

"나의 선물. 토고, 어울릴 거다. 앞으로는 중국에서 산다, 지금부터 사용한다. 기쁘다."

싱글거리며 말한 그는 나의 안전벨트를 풀고 힘껏 나를 끌어당겼다. 내가 그에게 이끌려 일어서자, 그는 나의 재킷을 벗겨 상자를 가지고 온 부하에게 건넸다.

"토고, 내가 귀여워한다. 일본의 것 다 버리면 된다."

그의 손가락이 내 와이셔츠의 단추를 물었다.

나는 반사적으로 그의 손을 밀어 제치며 '뭐하는 거예요?' 하고 외쳤다.

놀란 얼굴로 나를 바라보던 그의 시선이 좌석에 둔 종이 상자를 가리킨다.

"중국의 옷 준비했다. 이거 갈아입는다."

그는 하얀 종이상자의 뚜껑을 열고 안에 들어 있던 주홍빛 옷가지를 끄집어냈다.

어깨 부분을 잡고 눈앞에 펼쳐 보인 주홍빛 옷가지는 금실로 자수가 놓인 짧은 차이나드레스였다.

'뭐야, 차이나드레스잖아?!'

이 선생 자신이 입은 것 같은 장포라면 그래도 이해할 수 있다.

남자인 나에게 소매도 없는 미니 차이나드레스를 입혀서 어쩌려는 거야? 웃음거리로라도 만들 작정인가?

"차이나드레스 같은 건 입고 싶지 않아요."

"토고, 안 입어? 알몸이 좋아?"

"뭐라구요? 시, 싫어요!"

"차이나드레스를 입는 것, 알몸으로 있는 것, 어느 것을 선택한다?"

"둘 다 싫어요!!! 이 선생, 나는 정장 차림 그대로가 좋아요."

단호하게 거부의사를 표하는 나를 보며 그는 한숨을 내쉬었다.

"그건 안 돼. 토고, 벗지 않는다는 말. 나, 칼이 있다. 토고의 옷 찢어 버린다. 정장 갈기갈기 없어진다. 토고, 차이나드레스와 알몸, 어느 게 좋아?"

나에게 선택을 강요하던 그는 장포 안 주머니의 가죽 칼집에 꽂혀 있던 칼같이 생긴 물건을 꺼냈다.

진심인가 하고 의심하는 사이, 그의 부하 여섯 명이 좌석에서 일어나 모여든다.

"나이프, 잘 든다. 와이셔츠, 찢어볼까?"

"……이 선생, 칼은 주머니에 다시 꽂아주세요."

갑과 을이 바뀔 수는 없는 법이다. 나는 어쩔 수 없이 '차이나드레스를 입으면 되잖아요' 하고 덧붙였다.

"좋아. 토고, 드레스 어울릴 예정. 입을 것, 먹을 것, 모두 내가 준비한다. 토고, 인형처럼 예쁘게 하고 있으면 된다."

내가 손을 뿌리친 뒤인데도 그는 기분 좋은 목소리로 말하며, 나의 어깨에 차이나드레스를 대어보고 만족스러운 표정을 지었다.

그는 나를 중국으로 데려가 옷 입히는 인형으로라도 삼을 생각인가?

"토고, 이거 입는다. 예쁜 옷 입고 중국에 도착한다."

"차이나드레스는 분명 예쁘지만, 나는 남자니까 어울리지 않아요."

"아니야, 굉장히 어울린다. 내 눈 틀리지 않아. 지금의 옷을 찢어버리더라도 토고 이거 입는다."

정장도, 와이셔츠도 쓸 수 없게 되어버려서야 곤란하다.

만에 하나조차 없을지도 모르지만, 이 선생의 집에서 도망칠 수 있는 기회가 온다면 이런 화려한 차이나드레스가 아니라 정장 차림으로 도망치고 싶다.

옷깃 언저리를 붙들고 버티고 있는 나를 그가 제지했다.

흰 단추로부터 나의 손을 떼어낸 그는 흐뭇하다는 듯 단추를 하나씩 풀어 와이셔츠를 내 어깨에서 바닥으로 떨어뜨렸다.

이제 그의 눈앞에 다 드러난 나의 피부에는 어젯밤 우쿄에게서 사랑받았던 흔적들이 아직 뚜렷하게 남아 있었다.

가장 은밀한 시간을 드러내어졌다는 생각에 온몸이 후끈거린다.

"토고, 이거……."

이렇게 중얼거린 그는 놀란 탓인지 말을 잇지 못했다.

나의 쇄골과 가슴에 여기저기 흩어져 있는 키스마크들을 그의 손이 천천히 더듬었다.

근처에 모여 있는 그의 부하들의 시선이 아플 정도로 따갑다.

"……여기를 좋아하는구나, 토고, 좋아?"

이렇게 물으면서 그는 내 가슴에 얼굴을 기대는가 싶더니 오른쪽 젖꼭지를 강하게 빨아들였다.

"아아앗…… 그, 그만……?!"

이 선생, 뭐하는 거예요?

놀란 나는 물리치듯 그의 어깨를 밀었다.

하지만 그곳에 달라붙은 채로 스륵스륵 젖꼭지를 굴리는 그의 혀끝에, 내 팔은 순식간에 힘이 빠지면서 물리치려던 손은 오히려 그의 어깨를 꽉 끌어당기고 말았다.

'우쿄 씨가 아니야…… 우쿄 씨가 아닌데도……!'

가슴에서 느껴지는 자극에 바들바들 떨고 있는 나의 하반신에서 지퍼를 내리는 소리가 나고, 내 의지에 관계없이 바지는 바닥에 떨어졌다.

"그, 그만…… 이 선생……. 이런 장소에서 뭘……."

그에게 입술과 혀로 젖꼭지를 애무받고 있지만, 아직 믿을 수 없었다.

'설마 그는 처음부터 그런 생각으로 나를?!'

나를 애완견으로 삼으려는 건가……? 아니면 옷 입히는 인형으로 삼을 셈인가라고도 상상했지만, 이렇게 성적인 의미로 나를 원하고 있을 거라고는 생각지도 못했다.

"우쿄의 표식, 많이 있다."

그는 나의 가슴에서 입술을 떼고 그렇게 한마디 하더니 바닥에 무릎을 꿇었다.

"……표식, 토고가 나에게 사랑받고 싶은 곳?"

즐거워하는 그의 목소리에 나는 '아니요' 라고 대꾸했다.

당신한테 받고 싶은 건 그런 게 아닌데…….

결코 아니라고 부정하는 나의 복서 브리프에 손가락을 건 이 선생이 기쁜 듯한 표정으로 천천히 그것을 끌어내렸다.

"이, 이 선생! 안 돼, 그, 그만……!"

"조금만 본다. 조금만…… 토고, 기분 좋을 만큼만."

"그런 게! 아, 아앗…… 그렇지. 모, 모두가 보고 있으니까! 이런 식으로 모두가 보고 있는 건 싫어요!"

"지금은 조금만. 나머지는 집에 도착한 뒤. 괜찮아, 맛만 아주 조금. 인사만."

그는 시간을 들여 천천히 속옷을 끌어내리면서 나의 그것을 드러냈다.

"봐, 토고의 것, 나왔다. 나 인사. 처음 뵙겠습니다."

눈앞에 나타난 나의 것에 미소를 띠며 인사를 한 그는, 나의 허리를 오른손으로 잡고 힘없이 고개를 떨어뜨리고 있는 그것을 그의 왼쪽 손바닥에 올려놓았다.

"이 선생, 그만하세요. 부탁이에요…… 그만……."

"나 참는다. 나머지는 집에 가서. 토고, 지금은 조금 참는다. 토고, 여기 날씬해서 귀여워. 우쿄가 어제 사랑해 줬다? 몇 번? 서로 결합? 기분 좋았다?"

"뭣?! 그, 그런 건 당신과는 상관없잖아요!"

그는 나의 수치심을 부추기며 눈에 순진한 호기심을 띠

고 연거푸 묻더니, '이런 데에 키스마크 있어' 하며 내 그 것의 밑동을 손가락으로 쿡쿡 찔렀다.

"나 궁금하다. 어제 토고, 합체 어떤 모습? 어제 토고, 하고 싶다고 부탁했어? 토고가 엉덩이로 하고 싶다고? 큰 거 들어가 결합, 토고의 엉덩이 너무 좋아한다?"

일본어를 아는 것은 이 선생과 그의 통역뿐일지도 모르지만, 그런 질문에 대답할 수 있을 리가 없다.

입을 다물어 버린 나를 보며 약간 한숨을 내쉬던 그는 자신의 손바닥에 올려놓은 그곳에 느닷없이 입술을 바싹 대고 혀로 문질러 댔다.

"아아앗, 우쿄 씨, 도와줘……!"

그에게서 벗어나고 싶어서, 나는 어림없는 줄 알면서도 좌석의 등을 잡고 사정없이 허리를 뒤로 뺐다. 하지만 나의 예측과 달리 그는 그곳에서 금세 손을 떼더니 '괜찮아' 하며 나에게 미소를 지어 보였다.

"조금 맛본 것, 인사만. 난폭하게 사랑해 주는 거, 안 돼. 이다음, 합체, 집에 가서."

의혹의 시선으로 바라보고 있는 내 몸에 그는 재빨리 차이나드레스를 입혔다. 밝은 주홍빛 비단이 드러나 있던 내 피부와 신체의 대부분을 덮어주었다.

그러나 이 선생은 나에게 다리를 올리게 하더니 속옷을 그대로 벗겨 내린다.

"이거 필요 없어. 멋진 슬릿 망친다."

고개를 가로저으며 그렇게 말하고는 얌전하게 접은 나의 속옷을 자신의 안주머니에 집어넣었다.

미니 차이나드레스를 뒤집어쓰고 속옷까지 빼앗긴 나는 무안함을 느끼면서도 어쩔 수 없이 좌석에 앉았다.

앉아 있을 때는 서 있을 때보다도 더 치마 길이가 짧아져서 신경이 쓰였다. 끊임없이 옷자락을 당기지만, 그럴수록 슬릿은 더욱 깊어졌다.

어쩔 줄 모르며 곤란해하는 나의 양팔을 그가 붙들었다.

"토고, 드레스 어울려. 다리, 너무 예뻐. 숨기기 아깝지. 그대로 좋아."

나는 안 좋거든요.

좀 전까지는 어쨌든 그가 성적인 의미로 나를 보고 있으면, 점점 더 감추고 싶은 심정이었다……. 하지만 그는 별로 힘을 쓰고 있지도 않은데, 내가 아무리 자유로워지려고 해도 양손을 붙들린 채 벗어날 수 없었다.

*　　　*　　　*

『도림』에서 우쿄의 말을 통역했던 통역원이 이 선생보다 훨씬 능숙한 일본어로 저 아래 보이는 것이 상하이 푸동 국제공항이라고 가르쳐 주었다.

착륙 태세에 들어간 비행기는 이륙할 때보다도 더 나의 반고리관을 어지럽혔다.

상태가 나빠지고 있는 나의 손을 잡고, 이 선생은 '안심, 안심' 하고 되풀이했다.

나에게는 상냥하다지만, 그래도 그는 우쿄와는 다르다.

비행기가 지상에 다가갈수록 슬픔은 더 커지고, 멀미로 인한 나의 신음에는 오열이 섞여

들었다.

"토고, 울어? 병? 이제 도착한다. 조금만 참아?"

손을 잡아주는 것뿐만 아니라 내 등도 어루만지기 시작한 그의 표정에는 걱정이 배어 있었다.

하지만 지금 나는 대꾸할 기운조차 없다.

우리를 태운 비행기는 활주로에 착륙해 서서히 느려지더니 이윽고 정지했다.

멀미보다는 중국에 도착해 버렸다는 충격으로 축 늘어져 있는 나의 안전띠를 이 선생이 손을 뻗어 풀어주었다.

"토고, 비행기 내린다. 이 공항에서 나, 유명하다. 이제 화물하지 않는다."

그의 목소리는 기쁨에 들뜬 듯했다.

"밖, 추워. 토고, 이것도 입는다."

그는 부하에게 종이상자 하나를 가지고 오게 하더니, 그 안에서 흰 모피코트를 꺼내 나의 어깨에 걸쳐 주었다.

비행기에서 내리기 싫어. 모피코트도 필요 없어. 그냥 우쿄 씨한테 돌아가고 싶어.

나는 웃음을 띠고 있는 그에게 고개를 좌우로 흔들어 보였다.

"……토고, 안 일어나? 못 걸어? 많이 아파?"

내 겨드랑이에 손을 넣은 그는 나를 좌석에서 일으키려고 했다.

내가 여전히 고개를 가로젓자 이 선생은 나의 팔을 그 사치스러운 코트의 소매에 끼우더니, 겨드랑이뿐만 아니라 무릎 뒤로 팔을 넣어 나를 안아 올려 버렸다.

"이 선생, 내, 내려줘……."

"일으키지 마, 무리할 필요 없어."

'일으키지 마'가 아니라, '일어서지 마'라고 해야지.

지금 여기서 그런 걸 지적한들, 그리고 내리고 싶지 않다고 버틴들, 비행기가 나를 태운 채 다시 일본에 돌아가 줄 리도 없다.

"내가 안고 간다. 염려 없어. 토고 가볍다. 걱정 없다."

나를 겨드랑이에 낀 채 그렇게 말한 그는 고스란히 드러나 있는 내 무릎에 키스하고는 기내를 걸어갔다. 비행기의 승강구까지 오니 지상으로 내려가기 위한 트랩이 설치되어 있고, 바로 그 옆에 검은 BMW가 대기하고 있는 것이 보였다.

이 선생은 나를 안은 채 트랩을 내려가기 시작했다.

몰아치는 강풍이 흰 모피코트를 갈랐고, 깊숙이 슬릿이 들어간 챠이나드레스를 펄럭 뒤집어 놓았다.

내가 서둘러 미니 드레스의 옷자락을 붙잡자, 이 선생은 소리 높여 깔깔거린다.

"토고, 재빨랐다. 조금 좋아 보여, 잘 됐다."

"그건…… 당신이 내 속옷을 가져가 버리는 바람에……."

"괜찮아. 지금 밤. 어둡고, 옷자락 말리는 것 보여도 내 부하, 아무 말 못한다."

갑자기 우쿄에게 벌을 받던 그날이 그리워졌다.

우쿄는 방에 나 혼자만 남겨둔 채 조직원 모두에게 출입 금지를 명했고, 보초인 콘도한테도 이변이 없는 한 절대로 안에 들어가지 말라고 명령했었다.

이 선생은 다르다. 다 보여도 부하들이 아무 말 없으면 괜찮을 거라 생각하나 보다. 남에게 보이는 것은 부끄럽다는 내 기분을 우쿄는 배려해 주지만, 이 선생은 전혀 이해하지 못한다.

그의 팔에 안겨 트랩을 내려오면서도 내 마음에는 오로지 우쿄와의 추억만이 떠오를 뿐이다.

'우쿄 씨에게 깊이 사랑받고 있다고 생각했는데…….'

일방적으로 그에게 사랑받고 있었던 것이 아니다.

대출이자를 대신해 그의 곁에 있었던 것도 아니다.

나도 우쿄가 이렇게나 좋았다.

다른 누구의 의지가 아니라 내 자신이 그의 곁에 있고 싶었다.

"좋아한다고…… 말할걸……."

작은 소리로 중얼거려 보지만, 이제는 다 소용없다는 후회가 시리도록 가슴에 밀려온다.

"토고, 무슨 말 했어? 누구, 좋아해?"

내 말이 신경 쓰이는지 트랩의 마지막 한 단을 내려오면서 이 선생이 나에게 물었다. 내가 대답을 망설이고 있자, 검은 BMW 옆에서 대기하던 선글라스를 쓴 두 남자가 우리를 향해 가볍게 머리를 숙였다.

한 가닥도 남기지 않고 머리카락을 올백으로 넘긴 남자도, 뻣뻣한 머리를 적갈색으로 물들인 남자도, 모두 처음보는 사람들이긴 하지만 이 선생에게 머리를 숙이고 있는걸 보면 일본에는 동행하지 않은 그의 부하들일 것이다.

올백의 남자가 뒷좌석 문을 열자 적갈색 머리의 남자가 반대쪽을 향해 걷기 시작했다. 이 선생은 나를 옆으로 안은 채 몸을 구부려 나의 상반신을 차 안으로 들여놓았다.

시트 위에 나를 내려놓은 그는 다시 나에게 '누구, 좋아해?'라고 물었다.

내 대답을 들으면 그는 화를 낼지도 모른다.

그러나 지금 제대로 말하지 못한다면, 나의 마음을 솔직하게 밝힐 기회는 영원히 사라져 버릴지도 모른다.

"……전 우쿄 씨를 좋아했어요."

그리고는 '이제 와서 말해도 소용없지만' 하고 마음속으로 자조 섞인 후회를 덧붙인다.

이 선생은 화를 내는 기색도 없이 웃는 얼굴로 고개를 끄덕였다.

"나도 친구, 우쿄 좋아. 토고와 나, 한 가지 마음."

"그게 아니에요. 친구로서 좋아하는 게 아니니까."

"걱정 없어. 나 알아. 사랑받아도 좋을 정도로, 의 좋아. 하지만 괜찮아. 토고, 반드시 나도 좋아하게 돼. 토고, 우쿄 잊을 거야. 나한테 사랑받는 거, 토고, 언젠가 행복해진다."

나에게 타이르듯이 그가 속삭였다.

함부로 단정 짓지 마, 하고 마음속으로 외치면서 고개를 좌우로 흔들었다.

그래도 그는 '괜찮아' 하고 되풀이하며 뒷좌석 문을 닫았다.

반대쪽 문을 향해 그가 걸어가는 것을 백미러로 보고 있던 나의 시야가 운전석에 막 올라탄 선글라스를 낀 남자의 머리에 의해 한순간 차단되었다.

그와 거의 동시에 또 다른 남자도 조수석에 올라탔다.

이미 시동을 건 채 대기하고 있던 BMW를 운전석에 탄 남자가 조작하는 것을 나는 망연자실 바라보았다.

그때 차 안쪽에서 문이 잠기는 소리가 들리고 막 뭔가가 잘못됐다고 생각한 순간, BMW는 그들의 보스를 내버려 둔 채 갑자기 달리기 시작했다.

"에……? 아, 저?"

놀라서 돌아보니 장포 차림의 이 선생이 두 팔을 올리고 쫓아오고 있었다.

그의 뒤를 따라 그의 부하 여섯 명도 뒤쫓아 왔다.

검은 BMW가 이 선생을 태우지 않은 채 달려나간 일을 그들이 전혀 예상하지 못했던 건 이미 불 보듯 뻔했다.

뭐가 도대체 어떻게 되는 건지……. 어쩌지, 나는 중국어 도 못하는데.

카타쿠라 조직에 적대적인 조직이 있듯이 이 선생에게도 적대적인 조직이 있을지도 모른다.

'이번에는 그런 사람들에게 납치된 건가?'

영문을 알 수 없는 공포심에 경직되어 있는 나를 운전석 의 남자가 휙 하고 뒤돌아 바라봤다.

"무사히 구출 성공이다, 토고."

공항에 조명이 많기는 하지만 달리는 차 안은 어둡다.

바로 다시 정면을 바라보는 그 남자의 얼굴은 확인할 수 가 없었다.

그래도 내가 그의 목소리를 잘못 알아들을 리가 없었다.

"우쿄 씨……?!"

내가 시트를 붙잡고 몸을 앞으로 기울이자, 조수석에 있던 또 다른 남자가 자신의 적갈색 머리채를 잡아채 벗어버리는 게 아닌가.

놀라는 나의 눈앞에서 이제는 검은색이 된 머리카락을 손으로 빗질하던 그 남자는 곧 선글라스를 벗고는 '어서 오세요, 토고 씨' 하며 웃었다.

"오, 오다기리 씨였던 건가요……?"

"우리들의 소중한 두목은 나 혼자 가서 구출해 오겠다고 으르렁거렸습니다만."

기가 막히다는 듯 말하며 어깨를 한 번 움츠린 오다기리가 쓰고 있던 적갈색의 가발을 휙 하고 뒷좌석에 던져 버렸다.

"이씨 집안의 도련님에게 들켰다간, 놓아주지 않았을 테니까요."

놓아주지 않는다니, 무슨 의미지?

무심코 두 사람이 침대에서 벌거벗고 있는 걸 상상했지만, 곧 머릿속이 하얘지면서 더 이상 아무것도 상상할 수가 없었다.

"그, 그렇다는 건 이 선생은 우쿄 씨도 그, 그런 일의 대상으로?"

내가 조심조심 묻자마자 BMW가 갑자기 속도를 낸다.

"토고. 그런 일이라는 건 뭐지?"

쥐어짜내는 듯한 낮은 목소리로 우쿄가 나에게 물었다.

내가 대답하지 못하자, 우쿄는 오른손으로 선글라스를 벗어 계기반의 패널에 그것을 콱 눌러 버렸다.

뚝 하는 소리와 함께 선글라스는 두 동강이 나고, 미터패널에는 금이 갔다.

"……게다가 누구누구 '도' 라고 하는 건 무슨 말이야?"

"음, 그러니까 우쿄 씨…… 그러니까 제 말은, 저기……."

"질문은 또 있어. 왜 차이나드레스 같은 걸 입고 있는 거야, 토고?"

그건 나한테 물어봐도 곤란하다.

애초에 질문이라면 내 쪽이 하고 싶다.

왜 일본에 있어야 할 우쿄가 중국에 있을까?

우쿄한테 보고가 들어갔다면 왜 다시 전화를 해서 이 선생을 멈춰주지 않았을까?

'아니, 그보다 더 중요한 질문이 있다…….'

나 따위는 이제 필요 없는 게 아닌가요?

우쿄 씨는, 무슨 생각으로 구출 성공이라고 말한 건가요?

"게다가 그렇게 짧은 걸……. 어이, 토고. 설마 그런 건 아니겠지만, 너 그런 옷 좋아하나? 여장 버릇이 있다면 솔직히……."

"아, 아니에요! 이건 이 선생이 억지로 갖다 입힌 것 뿐……!"

"……억지로? 너는 싫다는데도 그놈이 억지로?"

부우웅 소음을 내며 BMW는 더욱 속도를 높였다. 그러자 오다기리가 낮은 신음 소리를 냈다.

"죄송하지만 두목, 아무쪼록 이런 곳에서 사고를 내지 말아주세요. 엄청 귀찮고 골치 아픈 일이 될 테니까요."

하지만 우쿄는 알고 있다고 대답하며 또다시 속도를 올렸다.

"그러니까 두목. 얼마든지 화풀이를 하셔도 상관없습니다만, 부디 안전운전을 부탁드리고 싶다는 말씀을……."

"시끄러워, 오다기리. 화풀이하려고 가속하는 게 아니야. 뒤를 봐, 아무래도 이 선생 쪽 놈들이 따라붙은 것 같다."

우쿄의 말에 나와 오다기리는 반사적으로 뒤를 돌아봤다.

쫓아오고 있다는 차는 어디 있는지 눈을 부릅뜨고 보니, 항공회사의 로고가 박힌 경차가 전속력으로 우리를 향해 달려오고 있었다.

"……활주로에서 카레이싱이라니, 안 좋은 농담은 그만 둬 주셨으면 좋겠네요."

오다기리가 지겹다는 듯 한숨을 내쉬자, 우쿄는 '흥!' 하고 일축하며 핸들을 크게 왼쪽으로 꺾었다.

"애초에 내 것이라고 소개했을 터인 토고를 마음대로 데려간 시점에서 이미 나쁜 농담이다. 딱히 악의가 없는 만큼 더더욱 질이 나빠. ……토고, 차를 세우면 전력질주야. 알겠지?"

어느 쪽으로 향해 달리면 좋을까 했지만, BMW가 접근하고 있는 비행기를 보니 답은 명확했다.

우쿄는 이미 설치되어 있는 트랩의 바로 옆에 BMW를 급정거시켰다.

"토고, 뛰어!"

우쿄가 안전벨트를 풀면서 명령했다.

차 밖으로 뛰쳐나간 내가 트랩을 뛰어오르면서 돌아보니, 뒤따라온 경차가 이미 거기까지 다가와 있었다.

창밖으로 몸을 내민 이 선생이 우리를 향해 뭔가 외치고 있다는 것을 알 수 있을 정도로 가까웠다.

"우쿄 씨, 이 선생이……."

"신경 쓰지 마."

뒤따라 트랩을 올라오며 우쿄가 내 등을 떠밀었다.

그리고 곧 뒤이어 오다기리가 따라오는 것을 보고 나는 걸음을 재촉했다.

—신경 쓰지 말라고 해도, 신경이 쓰여!

트랩의 가장 위 단에 발을 디디며 다시 돌아보니, BMW 바로 뒤에 세워진 경차에서 이 선생이 막 내리고 있었다.

"우쿄, 왜? 가장 좋은 보석 주겠다는 이야기, 잊었나?"

그는 강풍과 굉음 속에서 양손을 메가폰처럼 만들어 트랩 아래에서 우리를 향해 목청껏 외쳤다.

"저 녀석, 일본어를 하잖아?"

서둘러 올라오던 우쿄가 놀랍다는 듯 멈추어 선다.

"토고, 우쿄의 여룡지주, 보석 중 가장 좋은 것! 나, 토고를 갖는다. 우쿄, 왜 내 거 훔쳐?"

"……토고는 보석이 아니고, 내 애인이다. 허락도 없이 함부로 데리고 가지 말라고!"

"함부로 아니다. 약속한 이야기, 우쿄, 약속했다! 나 나쁘지 않다."

이 선생이 고함치며 필사적으로 트랩에 발을 내디뎠다.

"우쿄, 너무해! 나 싫어진 건가? 이제 친구 아닌 거냐?"

손잡이를 잡은 이 선생이 트랩의 두 번째 단에 발을 올렸다.

멍하니 멈춰 서 있던 나와 우쿄를 오다기리가 '빨리 안으로' 하고 재촉했다.

절절히 호소하는 이 선생의 당장에라도 울음을 터뜨릴 듯한 얼굴을 보니, 좀 불쌍한 마음이 들기도 했다.

그리고 아무래도 그건 우쿄도 마찬가지인 듯 했다.

우쿄의 얼굴을 보니, 그의 표정에도 떨쳐내어 버릴 수 없는 뭔가가 있는 듯이 느껴졌다.

내 어깨를 꽉 껴안고 있던 우쿄는 쯧쯧 하고 혀를 차더니, 이 선생에게 고개를 돌렸다. 이 선생은 트랩의 두 번째 단에 발을 올린 채 슬퍼 보이는 표정으로 이쪽을 바라보고 있었다.

"싫고 좋고의 문제가 아니다! 친구냐 아니냐의 문제도 아니다! 마음에 드는 보석을 주겠다고 한 것도 사실이다. 그러나 토고는 안 돼!"

"나, 토고 좋아! 다 받는 건 안 돼? 알았다. 그럼 절반으로 참을게!"

"무슨 소리야……?"

절반이란 게 뭐지 하고 의아해한 건 나뿐만이 아니었는지, 우쿄가 머리를 긁적이며 '무슨 소리야……' 하고 중얼거렸다.

이 선생은 대답을 기다리는 얼굴로 우리를 올려다보고 있다.

"저, 두목. 혹시나 싶긴 합니다만…… 이씨 집안의 도련님이 말하는 절반이라는 건, 둘이서 토고 씨를 공유하거나 가끔 자신에게 토고 씨를 빌려달라거나, 뭐 그런 의미 아닐까요?"

냉정한 얼굴로 끼어든 오다기리를 우쿄가 매섭게 쏘아

본다.

"……그건 말도 안 된다!"

"아니, 두목. 저한테 안 된다고 하셔도……"

우쿄는 쓴웃음을 짓는 오다기리로부터 이 선생에게로 시선을 옮기더니 심각한 표정으로 '안 된다!' 하고 고함을 질렀다.

"토고는 내가 다 갖는다. 반은커녕 머리카락 한 가닥도 너한테는 못 준다!"

"우쿄, 치사하다. 준다고 약속했으면서!"

두 번째 단에 발을 걸치고 있던 이 선생이 참을 수 없다는 듯 쏘아붙이며 세 번째와 네 번째 단으로 올라왔다.

"절반은 안 돼. 물론 전부도 안 된다. 그러니까 첫 번째가 아니라 두 번째로 원하는 걸 선택해라."

"……두 번째? 두 번째 준다, 알았다. 나 두 번째 거를 받는다. 토고는 내가 포기한다."

이 선생은 다섯 번째 단에 걸쳐 있던 발을 네 번째 내리면서 몇 번이나 크게 고개를 끄떡였다. 휴우 하고 가슴을 쓸어내리는 나의 귀에 우쿄의 피곤하다는 듯한 한숨이 스쳐 지나갔다.

"두 번째, 있다! 우쿄의 소중한 두 번째는 마모루. 나, 알고 있다. 마모루를 갖는다."

"……마, 마모루? 잠깐 기다려! 마모루도 보석이 아니잖

아. 꼭 보석이 아니라도 상관은 없지만, 사람이 아닌 물건 중에서 선택해라!"

"싫다! 두 번째 주겠다는 약속, 방금 했다! 우쿄, 또 거짓말이냐?!"

'이런 떼쟁이 놈' 하고 우쿄가 으르렁거린다.

어째서 이 선생은 물건이 아니라 사람을 원하는 걸까?

왜인지, 처음에는 나였다. 그리고 다음은 우쿄의 형을 원하고 있다. 우쿄가 두 번째로 소중히 여기고 있는 마모루를 갖고 싶다고 한다.

'그러고 보니…… 노란 개와 검은 개가 가족이라고 했지?'

우쿄와의 관계를 더욱 끈끈하게 하고 싶은 걸까?

어쩌면 많은 부하들에게 둘러싸여 있어도 그는 외로운 것일까? 그렇다면 내가 되었든 마모루가 되었든 근본적으로 다르지 않을 거라는 느낌이 들었다.

"첫째가 토고, 두 번째로 예쁜 마모루. 나, 두 번째를 갖는다!"

트랩 위에서 발을 구르며 이 선생이 떼를 썼다.

우쿄는 '어이, 오다기리' 하고 그의 심복을 향해 고개를 갸웃거렸다.

"저 녀석과 마모루를 만나게 한 적 있었나?"

"제 기억에는 없습니다. 예전에 두목이 집에서 식사하신다고 해서 초대했던 건 기억나는데, 그때도 소개한 적은 없었거든요."

"나도 소개시켜 준 기억은 없다. 하지만 그렇다면 어째서……?"

"마모루를 갖는다!"

의아스러운 듯이 눈썹을 찌푸리고 있는 우쿄에게 이 선생이 외치고 있었다.

"우쿄, 약속 좋아?! 마모루를 갖는다, 괜찮아?"

"약속은 할 수 없어……. 본인과 직접 얘기해 봐라."

얘기해 보라는 말에 이 선생이 얼굴을 빛낸다.

"나, 마모루하고 얘기해. 마모루가 좋다 말하면 내 거?"

말의 의미를 착각하고 있는 것은 아닐까 조금 불안해하는 내 눈 앞에서, 이 선생은 여전히 이쪽으로 시선을 고정한 채 트랩의 세 번째 단으로 천천히 내려섰다.

"두 번째를 준다는 약속, 그 이야기로 오케이?"

"아아, 그래. 마모루와 이야기해서 본인이 좋다고 하면 그걸로 괜찮다."

"알았다! 다음 일본 가서 마모루 만나고. 좋다고 말할 때 마모루 데리고 온다."

웃는 얼굴로 그렇게 외치고 나서, 이 선생은 손을 흔들며 뒷걸음질로 트랩을 내려갔다.

트랩 아래에서 기다리고 있던 그의 부하들이 얼른 달려

와 이 선생을 뒤편으로 데리고 갔다.

"두목, 토고 씨, 빨리 기내로. 저 도련님이 또 뭔가 황당한 소리를 하기 전에 빨리 중국을 떠나죠."

"그래, 오다기리. 토고, 가자."

나와 어깨동무를 한 우쿄가 승강구를 열고 대기하고 있던 기내로 발걸음을 재촉했다.

등을 돌린 우리에게 이 선생은 '안녕' 하며 크게 오른손을 흔들었다. 그가 손수건 같은 뭔가를 흔드는 것을 보고 막 답례로 손을 흔들어주려는 찰나, 나는 그것이 손수건이 아니라 내 속옷이라는 것을 알고 나도 모르게 '아아앗' 하고 비명을 지르고 말았다.

"이 선생, 그런 걸 흔들지 말아주세요!"

그건 내가 입고 있던 복서 브리프잖아!

"왜 그래, 토고? 또 이 선생이 뭘……?"

"으으으…… 우쿄 씨, 아무것도 아니에요. 자, 빨리 안으로 들어가요!"

우쿄가 눈치채지 못하는 사이 기내에 탑승해 버렸기에 망정이지.

나는 얼굴이 화끈거리는 걸 느끼며 그를 재촉했다.

활주로를 달리던 비행기는 지상을 떠나 우리를 태운 채 일본으로 향했다.

여기서 우리란 우쿄와 나, 오다기리, 이 세 명만이 아니다.

기내로 들어가자 소가베와 미키, 타키타, 그리고 콘도도 마중을 나와 있었다.

무심코 '왜 다들?' 하고 질문한 나에게 콘도가 막 대답하려는 찰나, 우쿄가 네 사람에게 모두 비키라고 하며 출발을 서둘렀다.

어두운 밤하늘로 기수를 향한 비행기는 기체를 기울이더니 곧 날아오르기 시작했다.

반고리관의 자극으로 살짝 얼굴을 찌푸린 나는 팔걸이에 올려놓은 손을 누군가 갑자기 위에서 움켜쥐는 걸 느끼고 감았던 눈을 떴다.

'아아, 우쿄 씨다…….'

좀 전까지와는 다르다. 아무것도 말하지 않지만 따뜻함이 전해져 온다.

내 옆에 앉아 있는 건 이 선생이 아니라 우쿄다.

나의 왼손을 잡은 우쿄는 '고마워' 하고 중얼거린 나에게 흘끗 시선을 돌렸을 뿐, 역시 입을 다문 채였다.

말 대신 그는 내 손을 끌어다 자신의 양손으로 감싼 채 꼬옥 쥐었다.

오른손으로 전해지는 그의 체온에 내 몸의 긴장은 조금씩 누그러졌다.

기체가 수평을 이루고 안전벨트에서 해방되자 곧 타키타가 엽차가 담긴 종이컵을 모두에게 나눠주었다.

독특하고 상쾌한 향기에 빨려 들어들기라도 하듯 입을 갖다 대자, 차의 깔끔함이 목을 축이고 달콤함이 피로를 풀어주었다.

엽차의 온기가 식도를 따라 배 속에 퍼져 가는 걸 느끼며 제정신을 차린 나는, 그러고 보니 어떻게…… 하는 이륙 전과 똑같은 질문을 누구에게랄 것 없이 던졌다.

"당초의 계획은 말이죠……. 아, 그전에."

좌석에서 일어난 오다기리가 갑자기 나에게 천천히 머리를 숙였다.

"토고 씨, 우선 사과부터 드리겠습니다. 분명 많이 불안하셨을 겁니다. 대단히 죄송합니다! 이 선생으로부터 전화가 왔다는 보고는 받았지만, 이곳 공항에서 구출하는 편이 더 확실하다고 판단해서, 다시 연락을 하지 않은 채 전세기를 띄워 그를 앞질러 온 겁니다."

"오다기리 씨. 고개를 들어주세요……."

확실히 불안했었고 우쿄에게 버림받은 건가 생각했지만, 우쿄도 오다기리도 이렇게 나를 데리러 와주지 않았는가.

"이 선생은 일본의 무사도를 동경하고 있는 데다가, 우리 두목을 충실히 따르고 있어서 이런 어거지를 쓸 거라고는 생각하지 못했는데, 그게……."

말하기 곤란한 듯 말을 얼버무리면서 오다기리가 겨우

머리를 들었다.

나는 곤란해하는 표정의 오다기리에게 '괜찮아요' 하며 고개를 끄덕여 보였다.

"이런 꼴을 당하긴 했지만, 음, 크게 야단법석을 떨 정도로 당한 건 없으니까."

옷을 벗기고, 거기에 키스를 하고…… 이 선생한테 당했다고 해봤자 그 정도이다.

하지만 그것도, 이렇게 구하러 와주었으니까 그렇게 생각할 수 있는 것이다.

나는 다시 우쿄의 곁에 있다.

우쿄가 나를 데리러 와주었다…… 그 사실이 나는 기뻤다.

게다가 이 선생이 나를 성적인 눈으로 보고 있었다는 걸 알게 된 지금도, 키스 정도에서 멈춰준 걸 보면 그에게 악의가 있었다고는 생각되지 않았다.

"순진한 건지, 사악한 건지. 아니면 단순히 어린아이 같은 건지 잘 모르겠군."

탄식하면서 우쿄가 중얼거리자 오다기리가 쓴웃음을 터뜨린다.

"아, 맞다. 다시 그 이야기로 돌아가겠습니다, 토고 씨. 당초 예정되었던 작전은 삼 단계로 두목은 기내에서 기다리고 있을 계획이었어요. 두목도 일본을 떠날 때에는 승낙

한 일이었지만……. 한번 승인한 작전인데도, 공항에 도착하자마자 '그런 찌질한 짓은 못해!' 하시더니, 맨 먼저 기내에서 뛰쳐나와 버리셨어요."

'안 그래요, 두목?' 하며 오다기리가 묻자, 우쿄는 '흥' 하고 그에게서 시선을 돌린다. 그러자 엽차를 더 따라주러 온 타키타가 '덕분에 우린 나설 곳이 없게 됐죠' 하며 쓴웃음을 지었다.

"결과적으로 차심부름 당번과 머릿수를 채우기 위해 따라오게 된 거죠."

"진짜 타키타가 말한 대로예요. 나는 결국 과자 당번입니다."

오독오독 소리를 내며 타키타의 말에 맞장구를 친 콘도가 '드세요' 하고 말하며 과자봉지를 내밀어 권했다.

"그건 그렇다 치더라도…… 토고 씨, 그 꼴이 뭡니까?"

콘도의 시선이 차이나드레스로부터 드러나 있는 나의 다리로 향한다.

"게다가 발은 또 신사화에 양말 그대로군요."

제발 묻지 말아달라고 말하고 싶은 나에게 오다기리가 예상하지 못한 한 방을 날렸다.

"……결단코 내 취향은 아니에요."

"그거야 그렇겠죠. 이 선생의 실수군요."

"아니, 오다기리 씨, 문제는 그게 아닌 듯한 기분이 드는

데요……."

"하지만 너무 어색합니다."

얼굴을 찌푸린 오다기리는 '두목도 좀 어색하다고 생각하지 않나요?' 하며 우쿄에게 동의를 구했다.

흥 하고 콧방귀를 낀 우쿄가 통로에 선 타키타에게 엽차 종이컵을 건네줬다.

"그렇다면 이렇게 하면 되지."

그렇게 말하며 우쿄는 나의 오른발을 잡아 휙 들어 올렸다.

엽차를 엎지를까봐 내가 황급히 종이컵을 옆으로 치우자 콘도가 와서 받아갔다. 내 발에서 신발을 벗긴 우쿄의 손이 양말도 벗기려 하다가 문득 멈춰 섰다.

"어이, 토고. 그건, 어디 갔어?"

"……그거라니요?"

"너 어째서…… 안 입고 있어?"

그가 억지로 참는 듯한 목소리로 묻자, 나는 곧 기억을 떠올리고 '앗' 하고 비명을 질렀다.

—아차, 이 선생이 속옷을 벗겼었다.

'아무리 안도하고 있었다지만, 하필이면 그런 걸 잊고 있었다니!'

나도 모르게 도움이라도 요청하듯 오다기리에게 시선을 돌렸다. 그러나 눈이 마주친 순간 오다기리는 나를 외면한 채 자기 자리로 돌아갔다.

"토고. 왜 아무것도 안 입고 있어? 속옷은 어디 가고?"

우쿄가 나에게 묻는 순간 타키타와 콘도도 전력질주해 자신들의 자리로 돌아가 버렸다.

"그, 그것은 이 선생이…… 멋진 슬릿을 망친다면 서……."

"빌어먹을, 그 녀석이 벗긴 건가! 다른 건? 다른 건 또 뭘 한 거야?"

"아, 아무것도! 그, 조금 거기에 인사를……."

"무슨 인사?!"

"아앗, 싫어, 우쿄 씨, 이런 데서 들추지 말아줘요!"

하지만 그는 힘껏 차이나드레스 자락을 들어 올리곤 얌 전히 있는 나의 것을 붙들고 거기에 얼굴을 들이댔다.

"잠깐만, 우쿄 씨?! 싫다니까, 놓아줘!"

"토고, 이건 어떻게 된 거야? 이런 곳에 키스마크가 있다 니. 설마…… 토고, 너, 그 녀석한테 여기를 물린 거야?"

그는 분노 어린 목소리로 말하며 나의 그것 근처를 가리 켰다.

나는 목청껏 '우쿄 씨는 바보!'라고 외쳤다.

"그건 어제 우쿄 씨가 남긴 키스자국이잖아. 이 선생은 거기에다 살짝 키스했을 뿐이에요! 정말 그게 다예요!"

"그런가, 그 녀석이 너의 그걸 빨았다는 건가……"

"아, 아니, 그, 그저, 키스만 했을……앗, 아앗, 싫엇. 우, 우쿄 씨!"

갑자기 그가 나의 선단을 강하게 빨아들이자, 나의 목소리는 날카로워졌다.

그의 손에 잡힌 나의 그것이 욱신거리기 시작해, 나는 서둘러 '안 돼' 하고 외치며 그를 밀어내려고 했다. 하지만 그의 목 안 깊숙이 빨려들어 가자, 전신에 자극이 느껴지면서 팔에서 순식간에 힘이 빠지고 나의 그것이 달아올랐다.

빠르게 발기된 그것 위로 우쿄의 혀가 기어간다.

가운데 무슨 문이 놓인 것도 아니고 모두 트인 장소에 있는데…… 하고 생각하면서도, 나의 그것은 냉정을 되찾기는커녕 애달프리만큼 욱신거리고 있었다.

"적어도 집에 돌아갈 때까지…… 웃."

기내에서는 싫다는 나의 불평에 얼굴을 든 우쿄는 '흥!' 하고 일축해 버렸다.

"정말 키스만 한 건지 점검해 볼 거다. 농도를 보면 바로 알 수 있으니까."

"……우쿄 씨는 내 말을 믿지 못하는 건가요?"

"그게 아냐. 나는 질투가 심하다. 이런 야한 모습을 강요하고 키스까지 했다니, 용서 못해! 그 녀석이 빨았다는 말을 들어놓고, 집에 돌아갈 때까지 기다릴 순 없어."

불쾌한 표정으로 말을 내뱉는 우쿄의 입은 팔(八)자로 뒤

틀려 있었다.

거침없이 분노를 토해내는 그의 토라진 얼굴을 보고 나는 문득 그가 나보다 연하임을 떠올렸다.

"하지만 우리 둘만 있는 게 아니니까……."

평소에도 문 하나를 사이에 두고 하는 터라 다 들리는 건 마찬가지였지만, 그래도 문이 있는 것과 없는 것은 전혀 딴판이다. 나는 그에게만 들리도록 '창피하니까요'라고 호소했다.

어쩔 수 없다는 듯 한숨을 쉬며 그가 상반신을 일으켜 앉자, 나는 안도하며 가슴을 쓸어내렸다.

하지만 우쿄는 '어이, 너희들' 하고 소리를 지르더니, 나의 그것을 손가락으로 천천히 쓰다듬기 시작했다.

"앗, 우쿄 씨?!"

"너희들, 지금부터 절대로 일어서지 마라. 나리타에 도착할 때까지 눈 꼬옥 감고 자고 있어!"

"아니, 그런 문제가 아니…… 우, 으응."

이의를 제기하려는 내 목소리는 도중에 우쿄의 입술로 빨려들어 안달하고 싶어질 만큼 느릿느릿한 자극에 녹아 사라져 버렸다.

안절부절못하고 나도 모르게 허리가 떨리는 것에 당황해 애써 참았지만 바들바들 하고 발기한 것이 떨리는 것까지는 멈출 수 없어, 겹쳐진 입술 사이로 신음이 새어 나왔다.

"집에 돌아가면 그 녀석이 뭘 어떻게 했는지 하나에서 열까지 다 물어볼 테니까."

입을 뗀 우쿄는 그렇게 말하며 손을 리드미컬하게 움직이기 시작했다.

"아, 앗, 아무것도! 아무것도 하지⋯⋯."

"정말 아무것도 안 했다면 집에 돌아가서도 그렇게 말하면 되겠지."

"으으읏, 아니! 정말, 정말 아무것도⋯⋯!"

"그것도 좋지. 차분히 얘기해 보자고."

질펀질펀 배어 나오기 시작한 꿀이 나의 선단의 표면을 뒤덮었다.

어떤 심문이 기다리고 있을까 하고 기대하는 건 아닌데도, 꿀은 점점 선단에서 구슬을 맺으며 우쿄의 손가락이 더욱 매끄럽게 움직이게 만들어 버린다.

"내 기분이 풀릴 때까지 충분히 시간을 가지면서, 다리와 허리를 세우지 못하게 만들어주지."

"⋯⋯아, 앗! 싫어, 그런 거⋯⋯ 응, 아앗⋯⋯."

이 선생이 나에게 한 질문들까지 전부 말하면 우쿄의 기분이 풀릴까?

─하지만 그래도 기분이 풀리지 않는다면?

그러면 어쩌지 하고 생각하고 있는 가운데, 우쿄의 손안에서는 나의 그것이 펄떡거리면서 하염없이 꿀물을 흘려보

내고 있다.

"애정이 깊은 만큼 나는 질투심이 많아."

그렇게 말하며 나의 입술에 다가오는 우쿄의 입가에는 도전적인 미소가 떠올라 있었다. 그러니까 각오해 두라는 듯이…….

입술이 겹쳐지기 직전 그에 당한 경고에, 나는 키스로 화답했다.

『용은 구슬을 삼킨다』 끝

작가 후기

반갑습니다, 안녕하세요, 그리고 새해 복 많이 받으세요. 시노다테 레이입니다. 그동안 세실문고에서는 두 달에 한 번 발행해 왔습니다만, 이번에는 두 달 연속으로 발간하게 되었습니다. 하지만 두 달 만에 다시 뵙게 된 독자들도 계실지 모르겠습니다.

자, 이미 알고 계신대로 『용은 구슬을 삼킨다』는 황당한 이야기입니다.

이번 작품에서 좀 망설여졌던 부분은 주인공인 토고가 조폭 두목 우쿄, 그리고 중국마피아의 보스인 이 선생을 대접하는 가게를 어디로 할까 하는 것이었습니다. 결국 중국

음식점으로 했는데, 중국인 손님을 중국식당으로 모신다는 것이 도리에 맞을까 해서 말이죠.

중화요리라고 하면 유명한 것이 베이징, 사천, 광동, 상하이의 사대 요리 외에도 시안, 둔황, 계림, 신장 등 지방적 색채가 짙은 요리들이 있죠.

각각 특색이 있다고는 하지만, 작품에 나오는 메뉴를 보면 알 수 있는 대로 『도림』에서 제공되는 것은 바로 베이징 요리로서, 이 선생에게도 분명 익숙한 맛이 아닐까 싶습니다.

일본을 방문한 고객을 식사에 데리고 갈 경우, 일식 레스토랑이 아니라 자국 음식을 먹여야겠다고 생각한 거죠. 실제로 저 같은 경우 해외여행을 하고 불과 며칠 만에 귀국하는데도 일식이 그리워지기도 하거든요.

이번에는 그런 부분을 이 선생에게 적용시켰습니다. 우쿄와 절친한 이 선생이 평소에 먹던 맛을 그리워한다면 우쿄가 아무리 잘 챙겨준다 해도 중국음식을 먹자고 졸라댈 수도 있겠죠.

참, 여담입니다만…… 이 선생의 입에서 그가 기르고 있다는 두 마리의 개 이야기가 잠깐씩 나옵니다.

이 '노란' 강아지라는 말은 일본에 온 지 오 년 된 한국인 지인으로부터 실제로 들은 표현입니다. 노란 강아지라니 도대체 무슨 색일까 하고 잠시 의아해했었는데, 그게 실

제로는 연한 갈색이더라고요. 작중에 나오는 노란 강아지
라는 것도 사실은 연한 갈색입니다.

주인공인 토고와 깡패 두목 우쿄입니다만, 그들은 주위
의 여러 측근들이 지켜보고 있습니다.

써 놓고 이런 말을 하는 것도 좀 그렇습니다만, 곰곰이
생각해 보면 이런 생활이 현실에서 있을 수 있을까 하는 생
각이 들기도 합니다. 허가 없이는 자유롭게 나갈 수 없다거
나, 매일 밤 잠이 들 때까지 뭘 하는지 감시하듯 방문을 사
이에 두고 누군가는 꼭 보초를 서고 있다거나 하는 상황도
그렇고요(이거 진땀이 나는데요(땀)).

어쨌거나 우쿄의 연인으로서의 토고는 행복하리라고 생
각합니다.

우쿄의 형인 마모루나 이 선생처럼 주인공 토고를 괴롭
히는 캐릭터도 있지만, 오다기리가 다 짜놓은 구출작전을
무시하고 스스로 맨 먼저 구조하러 달려와 주는 우쿄가 있
으면, 이후의 그들의 세계에 어떤 일이 기다리고 있더라도
토고는 반드시 행복하리라 생각합니다.

……하지만 복도에서 보초를 서야만 하는 사람은 힘들겠
네요.

오다기리야 방 안에서 무슨 일이 일어나고 있는지 시치
미를 뗄 수 있다고 하지만 타키타나 콘도, 소카베는 어떤
표정으로 보초를 서고 있을까요.

특히, 콘도는 약국에서 소가베와 함께 토고의 상담 요청에 응해야 했고, 우쿄에게는 그가 토고를 처벌하고 있는 동안에 보초를 서도록 명령받고, 마지막에는 구출 작전에 한몫할 생각으로 단단히 벼르고 있었을 텐데 결과적으로는 그저 과자를 먹고 있었을 뿐이었으니, 등장 캐릭터 중에서는 가장 운이 없다는 느낌입니다. 본 작품의 후속편에서도 그는 카타쿠라 조직 안에서 여러 면에서 불운한 역할을 맡게 될 것 같네요.

불쌍하다고 생각되긴 하지만, 그의 뽑기 운이 나쁜 것에 대한 가장 큰 원인이 누굴까 상상해 보면 왠지 속으로 희희낙락하며 콘도를 괴롭히는 오다기리가 떠오릅니다. 그러면 이상하게도 그다지 불쌍하지 않다는 느낌이 들지요.(웃음)

결말 부분에서 이 선생은 차선책으로 마모루를 원한다고 말합니다.

외로움을 타고 어리광을 부리는 이 선생이 마모루를 자신의 것으로 만들 수 있을지 어떨지.

이에 대해서는 저 자신도 어떻게 될지 걱정스럽습니다.

요새 제 근황은 여전히 변함없는 느낌으로, 겨울철 감기에 걸리지 않도록 몸을 따뜻하게 하고 있습니다. 이번 겨울은 '입는 담요'라는 걸 샀어요. 한 번 입으면 좀처럼 벗겨지지 않더군요!

'세실문고' 이외의 일로 현재 진행 중인 것은, 변함없이 모바일 소설 쪽입니다. 연재입니다, 온 힘을 다해 열심히 하고 있습니다! 연재는 '카도카와 컨텐츠게이트'에서 발간하는 '한눈에 읽기'에서 한 편, 그리고 '에임문고'에서 두 편을 발간하고 있습니다. 사실, 필명으로 또 한 편의 모바일 소설을 또 쓰고 있으므로, 현재 연재 중인 소설은 네 편이 됩니다.

뭐니 뭐니 해도 그럭저럭 굴러가고 있는 건, 자상하신 출판담당자와 삽화를 그려주신 스오 유미님 덕분입니다. 또한 이 작품을 쓰면서 어려움에 처할 때마다 매일 격려를 해주신 것 감사드립니다.

마지막으로……『용은 구슬을 삼킨다』를 읽어주시는 모든 여러분께 감사를 드립니다.

여러분 모두 행복한 한 해가 되시기를!

시노다테 레이

역자 후기

『용은 구슬을 삼킨다』를 읽어주신 여러분 감사합니다.

어쩌면 아직도 많은 한국 독자들이 BL에 익숙하지 않고, 약간의 부정적인 선입견을 가지고 있을지도 모르겠습니다.

저 역시 그런 독자 중 하나였습니다. 『용은 구슬을 삼킨다』를 번역하면서 저에게 무엇보다 큰 수확은 제가 가지고 있던 많은 선입견을 타파할 수 있었다는 것입니다.

동성 간의 사랑도 남녀 간의 사랑만큼 아름다울 수 있다는 건 어쩌면 너무나 당연한 사실일지도 모릅니다. 하지만 너무나 당연한 일들이 때론 터부시되는 게 우리가 사는 현실인 듯합니다.

민병문

TL 로맨스 원고 공모

한국 TL을 선도해 나가는
AIN-FIN 메르헨-엘르 노블에서
뜨겁고 은밀한 사랑 이야기를 찾습니다.

장르 : TL 로맨스(현대, 판타지, 시대물 무관)
분량 : 200자 원고지 기준 700매 내외

보내주실 곳 : ainandfin@naver.com

채택되신 작품은 계약 후 교정 작업을 거쳐 정식 출간됩니다!

많은 참여 부탁드립니다.

상사와 연애

남계 대가족 이야기

휴가 유키 글
미즈카네 료 그림
강지우 옮김

"히짱, 히짱, 밥—"

일곱 명의 형제 중 장남, 히토시의 아침은 우유 향기로 시작된다.
한 살이 조금 넘은 막냇동생 나나오에게 깨워져, 다섯 명의 동생을 배웅
하는 대분투의 나날. ?그런 사정도 있어서 회사에 도착하면 오히려 한숨
놓는 히토시지만, 어느 날, 수완가인 부장과의 업무에서 무심코 실수를
저질러 버린다. ?난처한 상황에 처한 히토시는 만회를 위해 부장의 조카딸
을 맡기로 하는데-?!

〈그와 그들의 은밀한 눈 맞춤〉 엘르노블

한 걸음 앞으로
결벽증 졸업

시라이시 하루카는 어릴 때의 트라우마 때문에 중증 결벽증. 겨우 대학 도서관에 취직하게 되었지만 사람이 많은 곳에는 갈 수 없어 버스를 타지 못하고 매일 두 시간 이상 걸어 통근하고 있었다. 그런 나날 중 대학생 유우키가 매일 아침 함께하게 되었다. 인기인인 그가 자신에게 신경 써주는 것이 신기할 뿐인 하루카였지만, 끊임없이 자신에게 다가와 주는 유우키에게 어느샌가 마음을 열게 되고, 그와의 키스도, 그다음도 경험하고 싶어져……

〈그와 그들의 은밀한 눈 맞춤〉 엘르노블